미래는 꿈꾸는 대로 온다

KB138658

윤정용 산문집

미래는 꿈꾸는 대로 온다

예서

'그냥'의 철학

'책머리에'는 단어 그대로 책의 맨 앞에 오는 글이지만 글을 쓴 순서로 보면 맨 나중이다. 즉 책의 구성 순서로 보면 '책머리에', '목차', '본문' 순이지만, 글을 쓴 순서로는 '본문', '목차', '책머리에' 순이다. 최근 이삼년 동안 여러 권의 책을 냈기에 '책머리에'를 쓰는 것도 이제는 제법 익숙해질 법도 한데 아직도 쉽지 않다. 힘이 부쳐서가 아니라 아마도 두렵고 창피하기 때문인 것 같다. 지난 책의 '책머리에'에서 밝혔듯이 '열심히 쓰면 언젠가는 잘 쓸지 모른다'는 생각은 버렸다. '더 좋은 글을 쓰겠다'는 생각도 버렸다. 이제는 '그냥 쓴다. 잘 모르면서도 그냥 쓴다'. 쓰기 위해 더 많은 영화를 보고 더 많은 책을 읽는다. 영화를 보고 책을 읽고 난 뒤에는 또 그냥 쓴다.

이 책은 '그냥'의 기록이다. 어떤 영화와 책은 아주 오래 전에 보거나 읽은 것이고, 또 어떤 영화와 책은 비교적 최근에 보고 읽은 것이다. 처음부터 어떤 특별한 목적을 갖고 보고 읽은 게 아니다. 그냥 보고 읽은 것이다. 눈이 가는 대로 그냥 보았고 손이 가는 대로 그냥 읽었다. 보고 읽은 모든 영화와 책에 대해 글을 쓴 것도 아니다. 그냥 생각나는 영화와 글에 대해서만 썼다. 어떤 글은 남한테 보여주기 위해 썼지만 또 어떤 글은 혼자 간직하기 위해 썼다. 그렇다 보니 당연히 글에서 밀도에서 차이가 난다. 하지만 그냥 쓴 글이기에 그냥 내버려둔다. 이 책의 제목인 『미래는 꿈꾸는 대로 온다』 또한 '그냥'의 산물이다. 처음부터 책의 제목으로 생각한 게 아니다. 책을 구성하는 한 꼭지의 제목이었는데 어찌 하다 보니 책의 제목이 되었다. 더 생각하면 보다 괜찮은 제목이 떠오를 수도 있겠지만 그냥 내버려두려 한다.

천성적으로 게으른데다가 특별한 재능도 없어 어떤 일을 오래 하지 못하는 편이다. 남들보다 특별하게 잘하는 것도 없고 크게 좋아하는 것도 없다. 그래서 잘 하는 운동도 없고, 잘 다루는 악기도 없다. 그럼에도 불구하고 영화 보기, 책 읽기, 글 쓰기를 나름 꽤 오랫동안 꾸준히 해 왔다. 특별한 목적이나 의도 없이 '그냥' 말이다. '그냥'을 국어사전에서 찾아보니 그 뜻이 이렇다. '더 이상의 변화 없이 그 상태 그대로', '그런 모양으로 줄곧', '아무런 대가나 조건 또는 의미 따위가 없이'. 지금까지

해 왔고, 지금도 하고 있고, 앞으로도 계속 할 보고, 읽고, 쓰는 행위는 모두 '그냥'에 수렴하는 것 같다. 그렇기에 앞으로도 '그냥 보고, 읽고, 쓰려 한다.'

2021년 봄 낯선 시간 속에서
윤 정 용

차 례

제3부

제4부

제5부

제6부

일 러 두 기

1. 잡지와 신문은 ≪ ≫, 영화와 노래는 〈 〉, 단행본은 『 』, 단편소설·시·논문
   등은 「 」로 표기한다.

2. 외국어는 국립국어원 외래어 표기법을 따르되, 일부 우리말로 굳어진 것은 관용
   을 따른다.

제1부

내 인생 첫 번째 시네마테크, '꽃다리극장'

청주에 사는 사람이라면 누구나 그렇듯이 셀 수도 없을 만큼 무심천을 따라 걷거나 걸어서 또는 차를 타고 무심천을 건넜다. 예전에 풍물시장이 있었을 때는 새벽까지 술을 마시느라 무심천 주변을 어슬렁거렸고, 봄이면 벚꽃을 구경하기 위해 수많은 인파 속에서 무심천변을 거닐었다. 하지만 이것은 대부분 사람들이 갖고 있을 법한 공통된 추억이기 때문에 별로 특별할 게 없다. 억지로 짜내어 보니 한 가지 기억이 떠올랐다. 뜬금없을 수도 있지만 그 기억은 다름 아닌 '낫'에 관한 것이다. 확실하지 않을 수도 있지만, 고등학교 때 1학기를 마치고 여름방학이 시작되는 토요일 오후에는 낫을 들고 무심천의 풀을 베러 갔었다. 물론 무심천을 보호해야 한다는 기특한 마음에서 우러나온 자발적인 봉사가 아니라 일종의 '강제 노역'이었다.

당시 시외에서 고등학교를 다니는 바람에 아침 일찍 신문지로 친친 감싼 낫을 들고 버스에 탔다. 지금이라면 사람들이 모두 이상하게 쳐다보았겠지만, 그때는 사람들이 너그러웠는지 아니면 별로 특별한 일이 아니라고 생각했는지 아무도 신경 쓰지 않았다. 학교에 도착하면 너 나 할 것 없이 저마다 신문지나 비닐로 감싼 낫을 들고 있었다. 피가 끓는 청춘임에도 불구하고 다행스럽게도 학교 안에서나 학교 밖에서나 낫으로 인한 어떤 불상사도 일어나지 않았다. 당시 그날에는 남녀 할 것 없이 청주 시내 거의 모든 학교의 학생들이 풀을 베기 위해 무심천으로 모여들었다. 물론 거기에는 여학생들도 있었다. 남녀공학을 다녔음에도 불구하고 손으로는 풀을 베고 있었지만 눈은 여학생들이 있는 구역을 하염없이 이리저리 떠돌고 있었다. 이 역시 다행인지 불행인지 아무 일도 없었다. 말해 놓고 보니까 무심천보다는 낫에 대한 추억에 가깝다.

문득 무심천에 대한 오래된 추억 하나가 떠오른다. 그것은 다름 아닌 지금은 사라지고 없는 '꽃다리극장'에 대한 추억이다. 지금으로부터 30년 전, 청주 시내 극장 대부분은 당시에는 본정통이라고 불렸던 지금의 성안길 내에 있었다. 그 외에 우암동에 하나, 사직동에 하나, 모충동에 하나가 있었다. 모충동에 있었던 극장이 바로 꽃다리극장이었다. 금천동에 있는 고등학교에 다녔기에 꽃다리극장이 접근성이 가장 좋았다. 때로는 자전거를 얻어 타고 때로는 걸어서 꽃다리극장을 찾았다. 언제 어떻게 왜 처음 그곳에 갔는지 정확히 기억은 잘 나지 않는다. 하지만 고등학교 때 처음 그곳을 갔고 졸업 후에도 한동안 드나들었던 것 같다.

그때는 지금처럼 영화를 좋아하지도 않았다. 영화를 보기 위해서는 극장을 가야만 했지만 게으른 탓에 극장을 잘 다니지도 않았다. 그런데도 꽃다리극장을 자주 찾았다. 꽃다리극장은 다른 극장과 비교했을 때 딱히 시설이 좋은 것도 아니었고 입장료가 싼 편도 아니었다. 그렇다고 특별히 누구를 만나기 위해서 간 것도 아니었다. 생각해 보니 이유는 하나뿐이었다. 그곳에서는 한 편의 입장료로 두 편의 영화를 볼 수 있었기 때문이다. 당시 꽃다리극장은 청주의 몇 안 되는 '동시상영' 영화관이었다. 당시 어떤 영화들을 보았는지 정확히 기억할 수는 없지만 아마도 영화 대부분은 '홍콩영화'였을 것이다. 1980년대 말부터 1990년대 초까지 한국에서 영화는 곧 홍콩영화였다. 아마도 그곳에서 〈영웅본색〉(1986), 〈첩혈쌍웅〉(1989), 〈지존무상〉(1989), 〈천녀유혼〉(1987) 등 수많은 홍콩영화를 보았을 것이다. 홍콩영화와 함께 조금 철이 지나거나 개봉관에 제대로 걸리지 못한 한국영화와 외국영화도 보았던 것 같다. 간혹 정말 어이없는 영화도 있었지만 〈피고인〉(1988)이나 〈늑대와 춤을〉(1990)과 같은 괜찮은 영화도 그곳에서 본 것 같다.

대부분은 친구들과 함께 갔지만 가끔은 혼자서도 갔다. 본의 아니게 같은 영화를 몇 번이나 보기도 했다. 영화를 보고난 후에는 지금 생각해 보면 대단히 유치하고 부끄럽지만, 친구들과 영화에 대해 나름 진지하게 '토론'을 했다. 물론 그 나이 때 대부분의 남자아이들이 그렇듯이 그 토론의 끝은 언제나 음담패설이었다. 조심스럽고 불경스러울 수 있는 이야기일 수 있는데, 영화를 보고 난 뒤의 토론이라는 면에서 보았을 때 꽃다리극장은 내 첫 번째 시네마테크다. 시네마테크는 원래 프랑스에서 위대한 문화유산이 소실되는 것을 우려해 필름을 입수하고 보존하기 위해 만들어진 '필름 아카이브'였다. 영화 평론가 앙드레 바쟁으로부터 영향을 받은 장—뤽 고다르, 에릭 로메르, 프랑수아 트뤼포, 클로드 샤브롤, 자크 리베트 등 젊은 시네필은 함께 영화를 보고, 토론하고, 나중에는 자신들의 영화를 만들었다. 프랑스의 시네마테크는 소장을 넘어 영화에 대한 진지한 토론 문화를 만들어 프랑스 영화의 발전에 크게 기여했고, 더 나아가 세계영화사에 중요한 이정표가 되었다.

한국의 시네마테크는 프랑스처럼 필름 아카이브가 아니라 비디오테크로 출발했고, 1990년대 중반 영화에 대한 대중의 욕구가 폭발적으로 증가하면서 전성기를 맞았다. 그러나 2000년대 들어 영화를 볼 수 있는 기회와 매체가 다양해지면서 그 활동이 위축되었다. 지금도 전국 각 지역에서 기획 영화제 등을 통해 시네마테크 운동이 전개되고 있지만 예전만큼 큰 관심을 이끌지 못해, 누군가는 시네마테크의 생명력이 다했다고 말하기도 한다.

요즘은 TV, 케이블 채널, 유튜브, 웹 하드 등 영화를 볼 수 있는 방법이 다양하지만, 예전에는 영화를 보기 위해서는 반드시 극장을 가야만 했다. 극장을 찾는 것은 데이트 코스가 아니라 일종의 '의식'이자 '학습'의 기회였다. 어떤 영화를 보는가도 중요하지만 어떻게 영화를 보는가도 중요했다. 어쩌면 후자가 더 중요했는지 모른다. 극장에서 영화를 본다는 것은 수전 손택의 말처럼 "영화에 의해 납치를 당하고, 이미지에 의해 압도되는 것"이었다. 위대한 영화를 TV로 보는 것보다도 위대하지는 않더라도 극장에서 영화를 보는 게 기억에 훨씬 더 많이 남는다. 그리고 처음부터 위대한 영화는 없다. 위대한 영화는 태어나는 게 아니라 관객에 의해서 만들어진다. 많은 사람들이 보고 또 여러 번 보면서 비로소 위대한 영화가 되는 것이다. 진정한 영화 보기는 보는 것에서 끝나는 것이 아니라 영화를 보고 난 후 영화에 관해 이야기를 공유하는 것에서 시작된다. 그렇기에 꽃다리 극장은 내 인생의 첫 번째 시네마테크다.

한국에서 일명 예술 영화, 또는 작가주의 영화에 본격적으로 관심을 갖기 시작한 시기는 대체로 1990년대 초중반이다. 아바스 키아로스타미, 안드레이 타르코프스키, 잉마르 베르만, 이와이 슌지, 에밀 쿠스트리차, 테오 앙겔로풀로스 등의 걸작 영화들이 이때 사람들의 입에 오르내리기 시작했고, 그 영화들은 주로 어둠의 경로로 유통되었다. 개인적으로도 그때 이 영화들을 이 때 처음으로 접했다. 몇몇 후배들과 영화 소모임을 만들어 영화를 보고 영화에 관해 이야기를 나누었다. 지금 생각해 보면 그것도 일종의 시네마테크였다. 하지만 나에게는 이미 꽃다리극장이라는 시네마테크가 있었다. 그곳에서 친구들과 함께 영화를 보고 영화에 대한 이야기를 나누었으니 말이다. 지금 여러 사람들 앞에서 영화에 대해 말하고 글을 쓰는 것도 어쩌면 거기에서 시작되었는지 모른다. 나에게 무심천에 대한 추억은 곧 꽃다리극장에 관한 추억이고, 꽃다리극장은 내 영화의 출발점이다. 꽃다리극장은 이미 사라졌지만 그 추억은 사라지거나 과거로 머물지 않고 여전히 계속되는 현재진행형이다.

옛날 영화를 삐딱하게 다시 보다

1985년에 '플라자 합의(Plaza Accord)'라는 역사적 사건이 있었다. 플라자 합의는 경제용어사전에도 등재되어 있고 이제는 보편적으로 쓰인다. 영화 〈강철비2: 정상회담〉(2020)에서 일본의 극우단체 야마토재단의 총수는 일본 경제 추락의 원인으로 플라자 합의를 꼽는다. 플라자 합의는 1985년 미국, 프랑스, 독일, 일본, 영국의 재무장관이 뉴욕의 플라자 호텔에서 외환시장에 개입해 미국 달러화를 일본 엔화와 독일 마르크화에 대해 평가절하하기로 합의한 것을 말한다.

1980년 중반까지 미국의 달러화는 대규모 적자에도 불구하고 고금리 정책과 미국의 성치적·경제적 위상 때문에 강세를 유지하고 있었다. 미국은 국제경쟁력이 약화되면서 자국 화폐가치의 하락을 막기 위해 외환시장에 개입할 필요가 있었고, 다른 선진국들은 미 달러화에 대한 자국 화폐가치의 하락을 막기 위해 과도한 긴축통화정책을 실시해야 했으며, 그 결과 경기 침체의 상황을 맞게 되었다. 이에 미국, 영국, 프랑스, 독일 및 일본은 달러화 가치 하락을 유도하기 위하여 공동으로 외환시장에 개입하기로 합의했다. 플라자 합의는 단어로 보면 5개국 재무장관 간의 합의지만, 실제로는 미국이 일본과 독일을 협박하고, 영국과 프랑스는 미국의 그런 행위를 방관한 외교적인 사건이다. 한마디로 말해 플라자 합의는 1980년대 중반 미국이 일본과 독일에 대해 갖고 있던 경제적 두려움을 고스란히 반영한다.

플라자 합의 이후 2년간 엔화와 마르크화는 달러화에 대해 각각 65.7%와 57% 절상됐다. 그러나 미 달러화의 가치하락에도 불구하고 미국의 경상수지 적자는 개선되지 못했고, 독일과 일본 등이 국제 경쟁력 상실을 우려하여 자국 화폐의 절상에 주저함으로써 플라자 합의는 더 이상 이행되지 않았다. 하지만 엔화 가치의 상승은 일본 기업의 수출 경쟁력을 약화시켰다. 일본은 수출하기가 어려워지자 자국이 아닌 외국에 공장을 세운다. 엔고불황이 일어나자 일본 정부는 금리를 낮추고, 일본 기업과 부동산업자들은 쉽게 대출을 받아 땅과 주식 등을 사기 시작하고, 결국엔 버블경제가 시작된다. 반면 독일은 대기업 중심의 수출에서 중소기업 기반의 내수로 산업 체질을 개선해 환율 절상의 타격을 완화한다. 또한 EU 가입에 따른 역내 리더 국가로서의 혜택, 동독과의 통일을 통한 막대한 규모의 SOC 재정 지출

등을 통해 경기 침체 국면을 피해 갔다.

다시 말하지만 플라자 합의 후 일본의 경제 산업 구조는 제조업에서 금융·부동산으로 변모한다. 일본 버블 경제의 정점이라고 할 수 있는 1989년 당시 일본의 GDP가 미국의 70%에 육박했고, 도쿄 부동산의 가치가 전체 미국 부동산 가치를 뛰어넘었다. 당시 인구로 보자면 일본은 미국의 40%도 되지 않지만 경제 규모로는 미국과 어깨를 나란히 할 정도로 성장했다. 짐작건대 일본 입장에서는 1980년대가 '자랑스러움'의 역사지만 미국 입장에서는 '두려움'의 역사였을 것이다. 사실 9.11테러가 있기 전까지 본토는 아니라고 하더라도 미국 영토에 공격을 감행한 유일한 나라는 제2차 세계대전 당시 일본이었다. 1980년대 미국은 일본으로부터 또 한 번의 침공을 받는데 이번에는 경제적 침공이었다.

미국 또는 미국인의 일본에 대한 두려움, 뒤집어 말하면 일본의 미국 경제 침공을 단적으로 보여주는 예가 브루스 윌리스 주연의 영화 〈다이 하드〉(1988)이다. 영화를 보는 사람은 거의 다 보았다고 할 수 있는 액션 영화 〈다이 하드〉와 미국의 경제를 연관시키는 게 조금 뜬금없다고 생각할 수도 있지만, 기억을 조금만 더듬어 보면 고개를 쉽게 끄덕일 것이다. 이 영화의 공간적 배경은 LA의 '나카토미플라자'라는 이름의 회사 건물이다. 이름에서 알 수 있듯이 이 회사는 일본계 회사고 당연히 건물주도 일본인이다. 영화 속 악당들은 이름으로 보건대 아마도 독일 사람들이다. 그들은 자기들끼리 말할 때 독일어를 사용한다. 이처럼 다른 것은 차치하더라도 주인공이 위험에 처한 공간이 일본계 회사이고, 그가 싸우는 악당은 공교롭게도 일본계 독일인이다. 우연의 일치라고 생각할 수도 있지만 1980년대의 시대적 상황을 고려한다면 이런 설정은 단순한 우연은 아닐 것이다.

솔직히 말하면 영화 〈다이 하드〉를 다시 주목하게 된 계기는 『거의 없다의 방구석 영화관』(2020)을 통해서다. 이 책의 저자는 〈다이 하드〉를 비롯해 너무나 잘 알려진 영화들에서 그냥 넘어가거나 자세히 살펴보지 않았던 사소한 것들을 비틀고 뒤집어서 새로운 영화 보기를 제안한다. 여러 영화들이 언급되지만 개인적으로 가장 인상적이었던 것은 역시나 〈다이 하드〉였다. 줄거리는 익히 아는 그대로다. 뉴욕 경찰 존 매클레인은 크리스마스 휴가를 맞아 아내 홀리를 만나기 위해 뉴욕에서 LA까지 날아왔다. 그는 나카토미플라자에서 주최하는 파티에 참석할 예정이지만 기분이 몹시 상한 상태다. 잘나가는 아내 때문에 별거 상태인 데다가, 그런 아내는 회사에서 성공하기 위해 '매클레인'이 아니라 결혼 전의 성인 '제나'를 쓰고 있다. 존이 생각하기에 미국이라는 나라는 경제적으로 일본에 넘어갔고, 아내는 일본에 빼앗겼다. 실제 영화 속에서 나카토미플라자 사장은 파티에서 "우리는 진주만에서 실패했지만, 워크맨으로 성공한 셈이지요"라고 말하는데, 이 말은 1980년대 당시 미국이 경제적으로 일본에 넘어갔다는 방증이다.

온갖 역경을 이겨내고 결국 존은 독일계 악당들을 물리치고 아내를 구한다. 그리고 위기에 놓였던 가족은 평화를 되찾는다. 존의 가족의 내적 위기는 외부의 적을 물리침으로써 극복되었다. 그런데 이 부부의 근본적인 문제는 해결되지 않았기 때문에 위기는 또다시 올 수밖에 없다. 하지만 그들은 걱정하지 않는다. 또다시 위기가 오면 또 다른 외부의 적을 통해 극복할 수 있기 때문이다. 사실 미국에 외부의 적은 많고도 많다. 그리고 없으면 만들면 된다. 영화 속 미국의 적은 시대에 따라 상황에 따라 다르다. 1980년 당시에는 경제가 큰 문제였기에 일본과 독일이었지만, 1970년에는 월남전이 가장 큰 현안이었기에 가장 큰 적은 베트남이었다. 그리고 그전에는 냉전 시기였기에 적은 소련이었다. 1990년대 이후 미국의 적은 셀 수 없을 만큼 많고 다양하다. 이란, 이라크, 아프가니스탄, 러시아, 북한, 중국 등. 『거의 없다의 방구석 영화관』의 저자의 말을 빌리자면, "〈다이 하드〉는 다수의 미국 남자들에게 자부심을 고취시키고 자뻑과 국뽕을 거의 치사량까지 잔뜩 넣어주는 영화"다. "보고 있자면 '쪽바리 새끼들 꺼져! 니들은 ㅈ밥이야! 재수 없는 유럽 놈들 확 다 죽어버려! 베트남전? 그딴 건 몰라, 기억 안 나 시팔! 미국 남자가 짱이야! 맞짱 붙으면 우리가 다 이긴다고! 미국 여자들은 결국 다 우리가 구해 주게 되어 있어'라고 교묘하게 외치는 영화"다. 위 인용문에서 〈다이 하드〉와 미국을 우리나라의 어떤 영화와 우리나라로 바꾸어도 문맥은 크게 달라지지 않는다. 〈다이 하드〉와 비슷한 우리나라 영화가 어떤 영화일까 고민하지 말자. 그보다 더 중요한 것은 생각을 통해 편견과 맹목에 빠지지 않는 것이다.

슬프도록 아름다운 로맨스

　제인 마치와 양가휘가 주연한 영화 〈연인〉(1992)을 아주 오랜만에 다시 보았다. 극장에서 개봉할 때쯤 이 영화를 보았으니까 거의 30년 정도 된 것 같다. 그때는 사전 정보가 거의 없는 상태에서 보았기 때문에 이 영화가 동명 소설 『연인』(1984)을 원작으로 했다는 사실을 부끄럽지만 시간이 한참 흐른 뒤에 알았다. 그리고 얼마 전 우연히 마르그리트 뒤라스의 소설을 읽다가 그녀가 『연인』의 작가였다는 사실 또한 알게 되었다.

　『연인』을 번역한 출판사의 설명에 따르면, 이 작품은 작가 뒤라스의 "베트남에서의 가난한 어린 시절과 중국인 남자와의 광기 서린 사랑"을 다루고 있다. 그렇기 때문에 이 작품은 "그 아련한 이미지들을 섬세하고 생생한 묘사로 되살려낸 자전적 소설"로 분류된다. 이 작품은 작가가 노년에 찾아온 간경화와 알코올 중독의 고통을 이겨내고 발표한 이 작품은 베트남이라는 이색적인 환경에서 겪은 어린 시절의 경험을 바탕으로 한 자전적 소설로 1984년 출간되자마자 문단의 화제가 되었을 뿐만 아니라 작가에게 프랑스에서 가장 권위 있는 문학상인 공쿠르상 수상의 영예를 안겨주었다. 작가에게 있어 베트남 시절은 슬프지만 무엇보다도 아름다운 기억이었고, 아름답기에 더욱 슬픈 그리움이었다.

뒤늦게 뒤라스의 소설 『연인』을 읽었다. 작품 설명까지 포함하더라도 이 작품은 150쪽 정도밖에 안 되기 때문에 단숨에 읽었다. 그 뒤 영화 〈연인〉을 다시 보았다. 먼저 소설에 대해 말하자면 영화와 달리 소설은 여러 시공간을 넘나드는 짤막한 문단들로 가득 차 있다. 영화가 프랑스인 소녀와 중국인 남자와의 관계에 초점을 맞추어 순차적으로 사건을 진행시키고 있다면, 소설은 베트남에서의 어린 시절, 프랑스로 귀국해 문단과 학계의 저명인사들과 교류하던 시절, 늙어 쭈글쭈글해진 현재를 뒤섞는다.

아마도 작가는 『연인』을 통해 여러 시공간을 넘나드는 짤막한 문단들로 흩어진 기억의 조각들을 하나하나 맞추어 내면서 '인생'이라는 큰 그림을 그리려 했는지도 모른다. 다시 말하지만 『연인』은 작가 뒤라스가 간경화와 알코올 중독 등 자신을 짓누르는 고통에서 벗어나서 쓴 첫 작품이다. 아니면 작가가 이 작품을 쓰면서 고통에서 벗어났는지도 모른다. 그녀에게 인생은 '사랑에 대한 갈망' 그 자체였고, 그녀는 과거와 현재, 허구와 실재의 경계를 무너뜨리는 글쓰기를 통해 그 갈망을 실현하고자 했다. 이러한 독특한 글쓰기 덕분에 『연인』은 뒤라스에게는 '누보로망의 작가'라는 문학사적으로 중요한 수식어를 안겨주었다.

『연인』은 뒤라스에게는 '누보로망의 작가' 외에 '관능의 작가'라는 수식어도 선사했다. 그러니 『연인』을 원작으로 하는 장 자크 아노 감독의 동명 영화 역시 관능적일 수밖에 없다. 『연인』의 국내 번역판 표지화이기도 한 영화의 포스터, 즉 무심한 표정으로 정면을 응시하고 있는 소녀의 사진은 관능미 그 자체라고 일컬어진다. 남들이 그렇다니까 그렇게 생각했다. 그런데 궁금해서 국어사전에서 관능미라는 단어를 찾아보았더니 '성적인 쾌감을 자극하는 아름다움'으로 설명되어 있다. 스무 살 때쯤 이 영화를 처음 보았을 때는 이 영화는 분명히 관능적이었다. 그런데 거의 30년이 지난 뒤 다시 보니 이 영화는 '관능미'보다 '비애미'라는 단어가 더 잘 어울릴 것 같다는 생각이 들었다.

영화는 한 여인의 자신의 열다섯 살 시절에 대한 회상으로 시작된다. '소녀'(제인 마치)는 눈이 부실 정도로 아름답다. 그런데 그녀는 남자들이 쓰는 모자를 쓰고 있고, 그녀가 입고 있는 원피스는 낡고 다 해졌고, 구두 또한 낡았다. 반면 같은 배에 타고 있는 '중국인 남자'(양가휘)의 시계, 정장, 구두 등은 그녀와 정반대다. 영화 속 카메라는 가난한 소녀와 부유한 중국인 남자를 천천히 대비한다. 소녀는 불운하고 불행하다. 아버지의 부재로 집안은 경제적으로 힘든 상태다. 큰오빠는 폭력적이고, 작은 오빠는 너무나 여리다. 그럼에도 불구하고 어머니는 큰오빠만을 싸고돈다.

중국인 남자는 소녀의 아름다운 모습에 첫눈에 반한다. 소녀 역시 그가 싫지 않다. 그렇기 때문에 그녀는 사이공(호찌민)까지 차로 태워다 주겠다는 그의 제안을 거절하지 않는다. 그들의 첫 만남은 손을 잡는 것과 차 유리창을 마주한 상태에서의 키스로 끝나지만 그들은 서로에 대한 감정을 확인한다. 중국인 남자는 소녀의 아름다움에 끌렸고 소녀는 중국인 남자의 부에 끌렸다.

중국인 남자의 밀회의 공간인 '파란 집'은 둘만의 밀회 장소이자 하나의 파라다이스로 자리매김한다. 그들은 그곳에서 영화 〈색, 계〉(2007)에서 미스터 이(양조위)와 왕치아즈(탕웨이)가 그랬던 것처럼 격정적인 '사랑'을 나눈다. 아니 금지된 '욕망(lust)'을 발산한다. 〈색, 계〉와 차이가 있다면 그들은 〈색, 계〉의 주인공들처럼 결코 그들의 '색(lust)'을 '계(caution)'하지 않는다. 소녀는 기숙학교와 집에서 온갖 모욕을 당하지만 자신을 변호하지 않는다. 그렇다고 자신이 중국인 남자를 사랑한다고 역설하지 않는다. 중국인 남자 또한 마찬가지다. 그녀와의 관계에 대해 크게 신경 쓰지 않는다. 그는 부유한 중국인이 첩을 두는 것을 당연하게 여긴다. 차이가 있다면 외국인 여성을 첩으로 두고 있다는 것뿐이다. 중국인 남자는 소녀에게 결혼을 약속한 사람이 있다고 말한다. 그런데 그 말을 하는 중국인 남자나 그 말을 듣는 소녀나 크게 신경 쓰지 않는다.

　예전에 보았을 때는 기억에 별로 없었는데 이번에 다시 보면서 꽤 인상적인 장면이 하나 있는데, 바로 소녀의 가족과 중국인 남자가 함께 식사하는 장면이다. 소녀의 가족들은 주위의 시선은 아랑곳하지 않고 허겁지겁 음식을 먹고 중국인 남자는 담배를 피우며 그들을 바라본다. 소녀의 큰 오빠는 중국인 남자를 경멸하고 자신의 여동생을 '창녀'라고 욕하면서도 그가 초대한 식사에서 음식에 탐닉한다. 소녀의 어머니 또한 마찬가지다. 심지어 그녀는 식사 중에 작은아들과 춤을 춘다. 소녀의 어머니는 학교를 운영하는 교육자이지만 자신의 딸이 중국인 남자를 자유롭게 만날 수 있게 해달라고 기숙학교 교장에게 사정할 정도로 속물적이고 염치가 없다. 소녀 또한 중국인 남자의 부에 이끌렸기에 속물적이기는 마찬가지다. 이 장면은 보는 내내 가슴을 먹먹하게 한다.

　중국인 남자는 자신이 소녀를 사랑하고 있음을 서서히 깨닫는다. 그는 아버지에게 결혼을 안 하면 안 되냐고 울면서 매달려보지만 그에게는 현실의 벽을 넘어설 용기가 없다. 결국 그는 집안에서 정한 여자와 결혼을 하고, 그의 결혼식날 소녀는 파란 집에서 오지 않는 그를 기다린다.

　소녀는 중국인 남자와의 관계를 끝내고 가족들과 프랑스로 돌아간다. 영화 첫 장면에서처럼 그녀는 배 난간에 팔을 기댄 채 부두 쪽을 바라본다. 그녀는 그곳에서 한켠에 세워져 있는 검은 차를 발견한다. 그녀는 그가 뒷자리에 앉아 있다고 생각한다. 배가 부두에서 점점 멀어지자 그녀는 울음을 터뜨린다. 감정을 드러내지 않는 게 그들의 습관이었지만 그녀는 "슬펐다." 소녀는 뒤늦게 자신이 중국인 남자에게 느낀 감정이 사랑이었음을 깨닫는다. 그것도 다름 아닌 첫사랑이었다.

프랑스로 돌아간 소녀는 전쟁을 겪었고, 결혼을 했고, 아이를 낳았고, 이혼을 했다. 그리고 책을 쓰는 작가가 되었다. 그것도 유명 작가가 되었다. 그러던 어느 날 그녀는 전화 한 통을 받는다. 바로 그였다. 그는 불안해했고 목소리는 떨리고 있었다. 마침내 그가 얘기했다. "예전에 그랬듯이 지금도 사랑하고 사랑하는 걸 멈추지 않을 것이며 죽을 때까지 사랑할 거라고."

소설 『연인』에서 소녀는 15살이고 중국인 남자는 30대 중반이기 때문에 둘의 관계는 사랑이 아닌 돈에 의해 매개되는 '원조교제'와 같은 비정상적인 관계로 규정된다. 설령 둘의 관계를 사랑이라고 부른다고 할지라도 그 사랑은 블라디미르 나보코프의 소설 『롤리타』(1955)의 험버트 험버트와 돌로레스 헤이즈의 관계처럼 비정상적인 사랑으로 규정된다.

영화 〈연인〉에서 둘의 관계도 그 연장선상에서 해석되었다. 많은 사람들에게 영화 〈연인〉은 야한 장면으로 가득한 흔하디흔한 '청불 영화' 중 하나로 기억된다. 하지만 이번에 〈연인〉을 보면서 깨달았다. 이 영화는 단순히 그저 그런 청불 영화가 아니다. 오히려 어느 노래 제목처럼 그 어떤 영화보다도 '슬프도록 아름다운' 로맨스 영화다. 영화 속에서 소녀와 중국인 남자는 첫 만남에서 서로에게 끌리지만 사랑의 감정을 숨긴다. 그 후로는 의도적으로 사랑의 감정을 왜곡한다. 소녀와 중국인 남자는 서로 사랑했지만 사랑한다는 말을 건네지 못했다. 파란 집에서 그들은 자주 만났지만 만나면 그들은 말없이 사랑만 나누었다. 아니면 배고픔에 음식을 탐닉했다. 그들은 더 이상 서로 만날 수 없게 되었을 때 비로소 사랑했었다는 사실을 깨닫는다. 그렇기 때문에 영화 마지막 장면에서 중국인 남자가 소녀에게 전화로 사랑을 전했을 때 가슴이 먹먹해지고 시리다. 그녀에게 그는 '사랑하는 사람'이 아니라 한때 '사랑했던 사람', 즉 '연인'이다.

예술은 원래 불온하다

누군가 그랬다. "무식은 감추고 몸매는 드러내라고." 그렇다보니 살면서 가끔 때로는 아주 자주 잘 모르면서도 아는 척을한다. 사람들 앞에서 읽지 않은 책을 읽은 것처럼 말하기도 하고안 본 영화를 본 것처럼 말하기도 한다. 안 읽거나 안 봤다고말하면 내 무식이 드러날까 두려워서 말이다. 그런데 이와 정반대로 알고 있으면서도 모르는 척하는 경우도 있다. 책의 경우는그럴 때가 별로 없지만 영화의 경우는 종종 그럴 때가 있다.내게는 틴토 브라스 감독의 영화가 그렇다. 그의 영화를 한마디로 뭐라고 표현해야 좋을까? 그의 영화는 통속적인 표현대로'싸구려 에로 영화'라고 부를 수도 있고, 조금 더 고상하게는'에로티시즘의 미학적 성취'라고 부를 수도 있다.

브라스 감독의 이름을 처음 접하게 된 것은 〈모넬라〉(1998)라는 영화를 통해서였다. 언제인지 정확히 기억나지 않지만, 아주 오래 전 케이블 채널에서 숨을 죽이면서 본 것 같다. 의도한 것은 아니었지만 혼자 몰래 보았다. 이 영화를 보면서 처음 드는 생각은 영화가 이렇게 '야해도 되나'였다. 당연히 영화의 줄거리는 잘 기억나지 않는다. 나중에 검색해서 찾아 읽어 보니 드문드문 기억이 난다. 하지만 몰라도 영화를 보는 데 전혀 문제가 되지 않는다. 개인적인 생각에 그런 영화는 원래 줄거리가 그렇게 중요하지 않다. 그런 영화를 처음 본 것도 아니고 그 후에도 가끔 꽤 보았는데도 브라스의 〈모넬라〉는 머릿속에서 꽤 오랫동안 떠나지 않았다.

그러다가 얼마 전에 브라스의 또 다른 영화, 즉 〈칼리굴라〉(1979)를 보게 되었다. 이번에는 우연히 본 게 아니라 어느 정도 목적과 의도를 갖고 보았다. 영화의 주인공인 칼리굴라가 어떤 인물인지는 예전에 읽은 책을 통해 알고 있었고, 영화에 대한 기본 정보 또한 어느 정도 알고 있었다. 역사적으로 칼리굴라는 스토아 철학자 세네카의 다양한 재능을 시기해서 그의 죽음을 명했다. 하지만 다행히 세네카는 친구들의 도움으로 목숨을 구했다. 칼리굴라는 로마 황제 가운데 엽기적인 면에서 네로와 더불어 쌍벽을 이룬다. 아무튼 큰맘 먹고 "포르노인 듯 포르노 아닌 포르노 같은 대괴작" 칼리굴라를 보았다.

영화 〈칼리굴라〉의 줄거리는 간단히 이렇다. 칼리굴라는 로마 황제 티베리우스가 양자인 자신보다 친손자인 제멜루스를 더 귀여워하자 자신이 황제에 오르지 못하면 결국 죽임을 당할 것이라고 생각하고 황제가 되리라 결심한다. 티베리우스가 심장마비로 쓰러지자 칼리굴라는 궁정의 수호대장인 메크론과 함께 그를 시해하고 황제에 오른다. 처음에 칼리굴라는 티베리우스의 폭정을 일소하고 치정에 전념하지만, 점점 주변 사람들을 의심하고, 측근들을 제거하며 광기를 보인다. 심지어 최측근인 메크론까지 제거한다. 그는 여동생인 드루실라를 동생 이상으로 여기고, 음란한 왕비인 케소니아가 낳은 딸을 아들이라고 우긴다. 그는 또한 웅대한 이집트풍의 연극을 기획하고 부인과 함께 직접 출연하기까지 한다. 칼리굴라의 폭정은 갈수록 심해진다. 사랑하던 여동생 드루실라가 열병으로 죽자 그는 충격으로 정신착란을 일으킨다. 그는 황실 안에 커다란 매음굴을 만들어 궁궐을 성의 향연장으로 변모시킨다. 결국 그는 새로 부임한 수호대장 세리아의 배반으로 목숨을 잃는다. 하지만 피를 흘리며 죽어 가면서도 "나는 살아 있다"라고 외치며 권력욕과 광기를 보인다.

〈칼리굴라〉를 보면서 예전에 보았던 여러 책, 영화, 그리고 TV 드라마 속 주인공들이 떠올랐다. 먼저 셰익스피어의 『맥베스』(1606)다. 왕족이자 장군인 맥베스는 마녀의 예언과 부인의 조언을 따라 덩컨 왕을 죽이고 왕위에 오른다. 하지만 그는 왕위에 오른 뒤에는 불안과 죄책감을 못 이겨 정신 착란을 일으키고 주변 인물들을 숙청한다. 심지어 그는 한때 자신과 가장 가까웠던 동료 뱅쿠오를 죽이고 그의 아들까지 죽이려 한다. 하지만 반란이 일어나고 아내가 죽자 그 역시 자결하고 만다.

　다음으로는 우리나라 사극에서 가장 많이 등장하는 임금 중한 명인 연산군이다. 연산군을 소재로 한 영화와 TV 드라마는셀 수 없을 정도로 많은데, 비교적 가장 최근에 개봉한 영화로는 민규동 감독의 〈간신〉(2015)을 빼놓을 수 없다. 제목에서 알수 있듯이 이 영화의 주인공은 연산군보다는 간신 임사홍과 임숭재 부자에 가깝다. 연산군이 그들에게 명한 것인지 아니면그들이 연산군을 위해서 자발적으로 한 것인지 정확히 알 수없지만, 임사홍과 임숭재 부자는 조선 각지에서 미녀를 강제로징집했다. 양반집 부녀자, 천민까지 가릴 것 없이 잡아들여 그들에 대한 백성들의 원성이 하늘을 찔렀다. 연산군은 칼리굴라가 그랬던 것처럼 폭정을 거듭하며 마지막에는 궁궐을 성의 향연장으로 변모시킨다. 그 때문인지 연산군의 최후 또한 칼리굴라의 그것과 비슷하다.

　〈칼리굴라〉를 보면서 문득 '권력 의지' 혹은 '권력욕'이라는단어가 떠올랐다. 독일의 정치철학자 막스 베버는 『직업으로서의 정치』(1919)에서 '열정', '책임감', '균형 감각'을 정치인이 갖춰야 할 필수 자질로 꼽았다. 많은 정치인들은 베버가 말한 열정을 보통 권력 의지로 해석한다. 그런데 베버가 말한 열정은 권력의지가 아니라 '자신을 버리고 대의에 바치는 헌신'을 의미한다.아무튼 앞에서 살펴본 것처럼 칼리굴라, 맥베스, 연산군은 분명권력 의지를 갖고 있었다. 사실 왕이나 황제 같은 권력자에게 권력 의지는 필요하다. 칼리굴라는 자신이 황제가 되지 못하면 죽을 수도 있기에 황제가 되어야만 했다. 황제가 되기 위해서는 권력이 필요했다. 맥베스는 왕이 되고 싶어 했고, 왕이 될 만한 충분한 능력도 갖추었다. 그리고 마녀의 예언이 그의 권력 의지를 뒷받침했다. 연산군은 조선의 왕 중에 몇 안 되는 적장자다. 당연히 그는 권력의 정통성을 갖고 있었다. 칼리굴라와 맥베스가 권력을 쟁취했다면 연산군은 처음부터 권력을 가졌다. 하지만 그 역시 칼리굴라와 맥베스가 그랬던 것처럼 권력을 올바르게 사용하지 못했다. 칼리굴라, 맥베스, 연산군은 권력을 갖고 행사하려 했을 뿐, 자신을 버리고 대의에 바치는 헌신, 즉 제대로 된 열정이 없었다.

그런데 칼리굴라, 맥베스, 연산군에게는 권력에 대한 제대로 된 개념도 없었지만 더 큰 문제는 권력자가 반드시 갖추어야 할 책임감과 균형 감각이 전혀 없었다는 점이다. 그렇기 때문에 그들은 실패했다. 사실 베버는 열정보다도 책임감과 균형 감각을 더 중요하게 여겼다. 누군가 그랬다. "열정은 타고나지만 책임감과 균형 감각은 길러진다." 권력자뿐만 아니라 대부분 사람들의 경우에도 책임감과 균형 감각은 연습과 훈련을 통해 길러진다. 인간에게는 원초적인 욕망이 있고, 그 욕망을 완전히 없앨 수는 없다. 단지 다스리고 조절할 뿐이다. 그리고 그 욕망을 다스리기 위해서는 자신의 생각과 행동과 말을 끊임없이 돌아봐야 한다.

너무 많이 온 것 같다. 다시 브라스의 영화로 돌아가자. 〈칼리굴라〉뿐만 아니라 브라스의 영화에 대해서는 관객과 평단은 냉혹했다. 〈칼리굴라〉의 경우 맬컴 맥도웰, 피터 오툴, 헬렌 미렌과 같은 전설적인 배우들이 등장하는데도 말이다. 역사적 고증이 잘 되었고 영화의 미술(production design)이 뛰어나다는 칭찬도 더러 있었지만, 대부분은 이 영화를 '블록버스터급 포르노 시대극'이라고 폄하했다.

브라스의 영화들은 대체로 불편하다. 아니 모든 예술은 원래 불편하다. 지금이야 위대한 예술로 칭송받고 있지만 르네상스의 거장들의 예술도, 인상주의 화가들의 예술도, 당시에는 불편했다. 현재 미술품 경매에서 가장 높게 팔린다는 프랜시스 베이컨의 그림도 불편하기는 마찬가지다. 개인적인 생각에 예술이 불편한 이유는 논리적이고 정제된 '인간의 이성'을 재현하는 게 아니라 충동적이고 거친 '동물적 욕망'을 표현하기 때문이다.

청춘은 영원히 푸르다

누군가 배우 장국영을 가리켜 "최후의 미남이자 최고의 미남"이라고 말했다. 그가 출연한 영화 중 몇 편만 보더라도 그 말에 고개를 끄덕일 것이다. 지금이야 한국영화가 양적으로 질적으로 성장해 외국영화와 어깨를 나란히 하거나 오히려 압도하기도 하지만 1980년대와 1990년대에는 사정이 달랐다. 당시에는 한국영화의 경쟁력을 높이기 위해서 '스크린 쿼터제'까지 실시했다. 스크린 쿼터제는 극장이 외국영화를 상영하기 위해서는 의무적으로 한국영화를 상영해야 한다는 명문 규정이다. 조금 심하게 말하면 스크린 쿼터제는 한국영화가 외국영화에 비해 경쟁력이 떨어진다는 사실을 인정하는 증표라고 할 수도 있다. 당시 영화는 미국의 할리우드영화 아니면 홍콩영화였다.

1980년대 초반까지 홍콩영화라면 당연히 이소룡과 성룡이 나오는 영화였지만 1980년대 중반 그 흐름이 크게 바뀌었다.

누아르라는 영화 장르가 어느 날 갑자기 다가와 우리의 시선을 사로잡았다. 그 뒤 무협 영화, 도박 영화, 요괴 영화 등의 홍콩 영화가 물밀 듯이 들어왔다. 전적으로 개인의 취향이겠지만 개인적인 생각에 1980년대 말 1990대 초 홍콩영화 인기의 중심은 단연코 장국영이었다. 그는 장르를 가리지 않고 많은 영화에 출연했다. 그는 〈영웅본색〉(1986)과 같은 누아르 영화, 〈천녀유혼〉(1987)과 〈백발마녀전〉(1993)과 같은 무협 영화뿐만 아니라 〈아비정전〉(1990), 〈해피투게더〉(1997)와 같은 차갑고 푸른 멜로 영화, 〈금지옥엽〉(1994), 〈성월동화〉(1999)와 같은 따뜻한 밝은 멜로 영화, 〈이도공간〉(2002)과 같은 공포 스릴러 등 다양한 장르의 많은 영화에서 다채로운 모습을 보여주었다. 이런 그의 풍성한 필모그래피에서 빼놓을 수 없는 작품이 있는데 다름 아닌 첸카이거의 〈패왕별희〉(1993)다.

　최근에 아주 오랜만에 〈패왕별희〉를 다시 보았다. 참고로 최근에 리마스터링 재개봉했다 하는데 최신 버전으로 보지 못하고 아쉽게도 예전 버전으로 보았다. 하지만 그래도 좋았다. 이 영화는 두 남자와 한 여자의 사랑 이야기, 즉 삼각관계로 간단하게 도식화될 수 있다. 보통의 삼각관계에서는 한 여인을 두고 두 남자가 갈등을 벌인다. 반대로 한 남자를 두고 두 여자가 갈등을 벌일 수도 있다. 그런데 이 영화에서는 한 남자를 두고 다른 한 남자와 한 여자가 서로 시기하고 갈등한다. 시투와 두지는 비록 피를 나눈 형제는 아니지만 거의 형제나 나름이 없다.

그들은 어렸을 때부터 함께 경극 수련을 했고, 마침내 경극 배우가 되었다. 형인 시투는 패왕을, 동생인 두지는 우희의 역할을 연기하면서 부와 인기와 명성을 누리고 있다. 시투는 유흥의 삶을 즐기려 한다. 반면 두지는 유흥의 삶보다는 시투와 함께 있는 삶을 더 원한다. 사실 두지는 남몰래 시투를 연모하고 있다.

경극 '패왕별희'와 영화 〈패왕별희〉는 비슷한 이야기 흐름을 취하고 있다. '패왕별희'는 초의 패왕인 항우와 그의 애첩인 우희의 사랑과 이별 이야기다. 천하무적의 영웅이자 맹장인 항우는 유방의 사면초가 계략에 빠져 병사들도 모두 잃고 결국 나라도 빼앗긴다. 그가 자신의 운명이 다했음을 깨닫고 눈물을 흘릴 때 우희만이 그의 곁을 지키고 있다. 그는 우희에게 떠나라고 하지만 우희는 패왕에게 절개를 지키기 위해 자결하고 만다.

〈패왕별희〉에서 두지는 오로지 시투만을 바라본다. 하지만 시투는 두지에게 경극과는 별개로 각자의 삶이 있다고 말한다. 그러자 두지는 시투에게 "일 년, 한 달, 일 초라도 같이하지 않는다면, 그건 일생이 아니야"라고 말하며 그와 모든 것을 함께하기를 원한다. 하지만 시투는 쥬샨이라는 술집 여자에게 마음을 빼앗기고 그녀와 결혼한다. 두지는 시투에 대한 배신감과 쥬샨에 대한 원망과 질투 등 감정의 소용돌이에 빠지게 된다.

〈패왕별희〉는 개인의 서사와 국가의 서사를 이질감 없이 잘 병치시키고 있다. 다시 말하면 두지와 시투의 신산한 삶이 중국 근현대의 질곡의 역사와 궤를 함께한다. 영화 속에서 두지와 시투는 여러 차례 경극 공연을 하는데, 관객층의 변화는 중국의 역사 변화를 예거한다. 처음에 두지와 시투는 장내시와 같은 관료 앞에서 공연을 한다. 하지만 중일전쟁이 발발하고 친일정권이 세워지자 시투와 두지는 일본군 앞에서 '패왕별희'가 아니라 양귀비가 등장하는 '귀비취주'를 공연한다. 일본이 항복하자 국민당 정부 관료 앞에서 공연을 하고, 국민당 정부에 이어 공산당 정부가 득세하자 그들 앞에서도 공연을 한다.

경극의 관객층 변화와 함께 경극에 대한 시대적 분위기 또한 바뀐다. 공산당 정권이 들어선 뒤 경극은 예술이 아닌 사상의 도구로 전락한다. 기교를 중시하는 두지는 제자이자 후배인 샤오쓰에 의해 결국 반동분자, "예술계의 요괴"로 몰린다. 우희의 역할을 샤오쓰에게 빼앗기는 수모도 겪는다. 하지만 그의 수모는 그게 끝이 아니었다. 중국 전체에 문화대혁명의 불길이 번지며 두지와 시투는 사람들 앞에 끌려 나와 자신의 부끄러운 과거를 공개해야만 했다. 더 나아가 상대방의 치부를 털어놓아야 했다. 한때 형제보다 더 가까웠던 두 사람은 살아남기 위해 서로의 가슴에 비수를 꽂는다. 결국 그들은 모든 것을 잃는다. 사람도 잃고 사랑도 잃는다. 영화 〈패왕별희〉는 시투와 두지가 패왕과 우희로 분장을 하고 텅 빈 체육관으로 들어오는 장면으로 시작해서 경극 '패왕별희' 공연으로 끝난다.

장국영은 2003년 4월 1일 만우절에 정말 거짓말처럼 죽었다. 만우절만 되면 언젠가부터 가장 먼저 떠오르는 게 장국영이고 그다음이 마스크다. 그가 홍콩의 한 호텔에서 자살로 마감했을 때 '사스'가 한창이었다. 그의 죽음을 접한 많은 홍콩 사람들은 통행금지법을 무시하고 마스크를 쓴 채 장국영의 마지막 가는 길에 함께 했다. 장국영이 떠난 지 거의 20년 가까이 되었지만 내 기억 속에 장국영은 아직도 살아 있다. 요즘도 장국영이 출연한 영화를 일부러 찾아본다. 그리고 케이블 채널에서 장국영이 나오는 영화가 나오면 나도 모르게 또 본다. 여전히 그는 젊고 아름답다. 청춘이라는 시간이 그의 삶 속에 여전히 머물러 있는 듯하다. 모든 청춘은 푸르다. 장국영은 청춘이다. 따라서 장국영은 푸르다. 그것도 영원히 푸르다.

제 2 부

혐오는 분노를 키우고 분노는 영혼을 잠식한다

유럽인에 대한 아주 재미있는 농담이 하나 있다. "천국에서는 프랑스인이 요리를 하고, 독일인이 기계를 수리하고, 이탈리아인은 사랑을 나누고, 그 모든 것을 스위스인이 관리한다. 반면 영국인이 요리를 하고, 프랑스인이 기계를 수리하고, 독일인이 정치하고, 스위스인이 연인이 되고, 이 모든 것을 이탈리아인이 관리하면 바로 지옥이 된다." 이 농담은 조금 과장되었을 수도 있지만 유럽 각 나라 사람들의 면면을 잘 보여준다. 그 가운데 독일에 대해 이야기를 해 보려 한다. 사람마다 차이가 있겠지만 대부분 독일 또는 독일인 하면 가장 먼저 자동차, 그다음으로 맥주, 기계 등을 떠올린다. 독일의 교육 제도와 정치 제도를 떠올릴 수도 있다. 독일 사회는 사람이 아니라 법과 질서, 즉 시스템에 의해 체계적으로 운용된다고 일컬어진다. 그렇기 때문에 혹자는 독일 사회를 가리켜 동양의 제가백가 중 한비자로 대표되는 법가 사상의 현실판이라고 부른다. 필자 또한 잘 모르면서 남들이 그렇다고 하니까 그럴 것이라고 믿었다.

그런데 드라마 한 편이 독일에 대한 그런 환상을 여지없이 무너뜨렸다. 〈베를린의 개들〉(2018)이라는 넷플릭스 드라마다. 제목부터 심상치 않다. 줄거리는 간단하게 이렇다. 독일과 터키의 월드컵 축구 경기를 앞둔 전날, 유망한 터키계 독일 축구선수 에르뎀이 살해되고, 그의 살인사건을 해결하기 위해 두 명의 형사 그리머와 비르칸이 투입된다. 그들은 에르뎀의 살인사건을 비롯해 그의 죽음과 관련된 여러 사건을 해결해 나간다. 그런데 리머와 비르칸은 출신, 성격 등 모든 면에서 상반된다. 그리머는 이민자에 배타적인 전직 신나치주의자였고 비르칸은 터키계 독일인이다. 강력반 형사 그리머는 다혈질이고 폭력적인 데 반해 특수팀 출신의 엘리트 형사 비르칸은 침착하고 논리적이다. 그리머는 자신의 범죄를 은폐하고 온갖 범죄를 저지르는 부패경찰인 반면 비르칸은 약자를 보호하고 정의를 수호하려는 모범경찰이다. 그렇기 때문에 둘은 처음부터 사사건건 부딪힌다. 살인사건을 해결하는 것보다도 또 다른 목적이 있는 그리머는 비르칸을 수사팀에서 배제하기 위해 부하 직원을 동원해 그에게 폭력을 가하기도 한다. 둘은 크고 작은 갈등을 겪지만 결국 힘을 합쳐 살인 사건을 해결한다. 그리고 살인 사건 뒤에 감춰져 있는 더 큰 악까지 해결한다. 이렇게만 본다면 이 드라마는 흔하디흔한 할리우드의 '버디 무비(buddy movie)'에 가깝다.

　하지만 〈베를린의 개들〉은 베를린, 더 나아가 독일 사회의 민낯을 있는 그대로 보여주기 때문에 조금 특별하다. 영화 속 베를린은 우리가 일반적으로 생각하는 대도시 베를린의 모습과 사뭇 다르다. 다시 말하면 영화 속 베를린은 깨끗하게 정돈된 메트로폴리스가 아니라 폭력, 사기, 절도, 강도, 살인 등 온갖 범죄가 들끓는 범죄의 온상이다. 주인공 그리머는 경찰이지만 살인 사건을 해결하는 데 크게 관심이 없다. 그는 에르뎀의 죽음을 이용해 자신의 이익을 추구하려 한다. 불륜관계에 있는 자신의 여자 친구를 통해 불법 도박에 베팅을 한다. 에르뎀의 죽음으로 그 사건에 연계된 베를린의 썩은 면면이 드러난다. 선수들의 탈선을 부추기거나 방조하는 축구협회, 승부조작, 배후에서 선수들과 협회를 협박하는 아랍 갱들, 폭력조직 간의 암투, 신나치주의자들의 혐오 범죄, 이민자들 간의 갈등 등 숨겨져 있던 진실이 모두 드러난다.

　할리우드의 버디 무비에서 주인공들은 처음에는 대립하고 갈등하지만 문제를 해결하면서 서로 이해하고 마침내 화해한다. 그들은 사건도 해결하고 인격적으로도 성숙한다. 그리고 그들이 사는 공간에는 평화가 찾아온다. 그렇기 때문에 버디 무비는 해피엔딩의 성장 영화라 할 수 있다. 하지만 〈베를린의 개들〉은 전혀 그렇지 않다. 그리머는 비르칸과 함께 살인 사건을 해결하고 범죄 조직을 소탕하지만 그것은 정의감에서 비롯된 것이 아니라 오직 자신의 범죄를 은폐하는 과정에서 비롯된 부산물일 뿐이다. 아내와의 관계 또한 회복되지 않는다. 그가 잠시 몸담았던 신나치 조직은 와해되지 않고 오히려 그의 동생이 새로운 지도자가 되면서 그가 신나치 조직과 다시 연결될 가능성을 암시한다. 범죄 조직이 소탕되었다고 하지만 또 다른 범죄 조직이 그 자리를 차지할 것이기에 평화가 찾아온 것도 아니다. 그렇기 때문에 이 드라마는 보고 난 뒤에도 개운치 않고 오히려 불쾌하다.

2018년 러시아월드컵에서 독일은 조별리그 탈락이라는 수모를 겪는다. 주지하듯 독일의 조별리그 탈락에 우리나라가 크게 기여했다. 무려 80년 만의 일이라고 한다. 월드컵 조별리그 탈락후 독일 국가대표 선수 메수트 외질은 독일축구협회(DFB)로부터 받은 부당한 대우, 즉 인종차별과 몇 가지 다른 이유로 더이상 독일 대표팀으로 뛰지 않겠다고 선언한다. 그러자 대표팀 동료였던 토니 크로스는 "독일축구는 언제나 다양성과 통합을 중요하게 여겼다"라고 말하며 외질의 주장을 반박했다. 사실 터키계 독일인인 외질은 레제프 타이이프 에도르안 터키 대통령과 사진을 찍었고 그 때문에 여러 비판에 직면했다. 누구의 말이 옳은지 그른지를 떠나 외질의 대표팀 은퇴 선언은 다양성과 통합을 중요하게 여긴다고 생각하는 독일 사회에 큰 파문을 일으켰다.

앞에서 말했듯이 〈베를린의 개들〉은 독일과 터키의 월드컵 축구 경기를 앞둔 전날, 유망한 터키계 독일 축구 선수 에르뎀의 죽음으로 시작한다. 독일 내 터키계 이민자들은 에르뎀의 죽음의 원인을 인종차별이라고 단정한다. 에르뎀의 장례식에 수많은 터키계 조문객들과 폭력 조직들이 참석하면서 베를린 사회에 긴장감이 돈다. 하지만 그리머에 의해 밝혀진 살인 사건의 전말은 그들의 생각과는 것과 전혀 다르다. 에르뎀은 인종차별 때문이 아니라 이웃과의 불화 때문에 우발적으로 살해당했다. 에르뎀의 개가 이웃의 잔디밭에 똥을 쌌고 그것 때문에 이웃과 싸우다가 죽었다.

이웃 간의 사소한 불화가 결국 우발적인 살인 사건으로 번졌다. 자칫 인종 문제로 큰 사건으로 비화할 뻔했다. 그런데 어찌 보면 이 문제는 인종 간의 문제일 수도 있다. 에르뎀을 죽인 노인은 동독 출신으로서 자신은 세금을 꼬박 내왔는데 세금도 내지 않은 이민자가 독일의 시스템을 공짜로 즐기는 것에 분노했다. 그런 와중에 에르뎀이 자신의 잔디밭에 개를 데려와 똥을 누게 해 분노했고 그 분노가 결국 살인 사건으로 번졌다.

교과서적으로 말하자면 독일은 대규모 인종학살을 저질렀던 자신들의 '흑역사' 때문에 기본적으로 다른 유럽 국가처럼 인종차별이 심하지 않다. 그리고 제2차 세계대전 이후 동유럽과 중유럽 각지에서 추방된 독일인들이 오늘날 독일 각지에 정착하며 고생한 자신들의 역사 때문에 이민에 우호적인 편이다. 예컨대 냉전 이후에는 동유럽과 남유럽 등에서 이민을 받고 있으며,

심지어 이탈리아에서도 실업난이 심해지자 고학력자 상당수가 독일로 이주했다. 냉전 이후 러시아와 카자흐스탄 등지에서 독일계 러시아인 상당수가 독일에 재정착했다. 하지만 교과서와 현실은 엄연히 다르다. 현재 독일은 동유럽계 마피아의 성매매 인신매매 문제가 심각하고, 드라마 〈베를린의 개들〉에서 보듯이 이슬람 근본주의 이민자들에 의한 공공 서비스 무임승차가 심각한 문제가 대두되고 있다. 터키와 독일의 관계가 급격히 나빠지자 독일 정부는 터키계 독일인들을 제한하겠다고 발표했다.

현재 독일 사회는 이민자가 계속 증가하고 있고 옛 동독과 서독 간에 미묘한 감정 대립도 여전히 지속되고 있다. 특히 터키계 독일인들 때문에 실업자가 됐다고 분노하는 일부 사람들을 중심으로 신나치주의가 발흥하고 있다. 〈베를린의 개들〉에서 신나치주의자들은 분노와 불만을 터키계 이민자들에게 투사한다. 실제로 터키계 독일인들은 400만 명이 넘는다. 이는 독일 전체 인구의 5% 이상에 달하는데, 이것은 제1차 세계대전 이전부터 독일이 식민지가 많은 영국, 프랑스와 대항하기 위한 동맹자로서 터키, 당시 오스만 제국과 손잡은 이래 우호 관계가 지속되어 터키인들이 독일로 이주해 왔기 때문이다.

터키계 독일인들은 지금까지 독일 사회에 비교적 잘 융화되어 왔다. 그런데 최근 들어 곳곳에서 파열음이 들리는데, 누군가는 그 원인을 종교적인 측면에서 찾는다. 독일의 터키인들은 문화적으로는 독일의 문화를 받아들이지만 종교적으로는 이슬람교를 따른다. 그들은 본국 터키인들보다 종교적인 신념이 강하고, 배타적이고, 보수적이다. 〈베를린의 개들〉에서 신나치주의자들은 터키계 독일인들의 종교적인 배타성을 혐오하고 분노한다. 그들은 터키계 독일인뿐만 아니라 다른 이민자들에 대해서도 분노하고 혐오한다. 예전에 독일로 건너온 이민자들은 자신들에게 향하는 독일인들의 무시와 혐오에 불안을 느꼈고, 그 불안은 그들의 영혼을 잠식했다. 라이너 베르너 파스빈더의 영화 〈불안은 영혼을 잠식한다〉(1974)는 당시의 상황을 잘 예거한다. 현재 상황과 당시 상황은 다르다. 이민자들은 자신들에게 향하는 혐오에 혐오로 맞선다. 그래서 조금 비틀어 말하면 '혐오는 분노를 키우고 분노는 영혼을 잠식한다.'

배반당한 환대

　일본 영화 〈분노〉(2017)를 보면서 제목과는 정반대로 '환대' 또는 '호의'라는 단어가 떠올랐다. 그리고 예전에 읽었던 자크 데리다의 『환대에 대하여』(1997)라는 책도 생각이 났다. 이 책에서 데리다는 두 가지 형태의 환대, 즉 조건적인 환대와 무조건적인 환대를 이야기한다. 그에 따르면, 조건적인 환대는 '관용'이고 무조건적인 환대는 '정의'로 규정된다. 그는 조건적인 환대, 즉 관용은 관용의 철회라는 한계를 지니기 때문에 무조건적인 환대를 진정한 환대로 간주한다. 데리다의 환대론은 '관용을 넘어 정의로'라는 주장으로 정식화될 수 있다. 하지만 무조건적인 환대라고 하더라도 한계가 없는 게 아니다. 절대적 타자는 언제나 존재할 수 있고, 환대를 받는 손님이 환대를 제공하는 주인을 위협할 수 있다. 그럴 때 주인은 자신을 보호하기 위해 환대를 거두고 타인을 경계한다. 극단적인 경우 타인에 대한 경계는

혐오로 번질 수 있다. 그럴 때 우리를 보호하기 위해 내 공간을
내어주고 공권력은 필요 이상으로 비대해질 수 있다. 관용에서
시작되어 정의로 확장된 환대는 결국 감시와 불신으로 귀결된
다. 즉 감시와 불신은 분노의 원인이자 결과다. 영화 〈분노〉는
환대와 분노에 대해 여러 가지 생각을 하게끔 한다.

〈분노〉의 줄거리는 '끔찍한 살인 사건', '세 명의 용의자', '충
격적인 범인의 정체'로 단순하게 도식화될 수 있다. 무더운 여
름의 도쿄에서 평범한 부부가 무참히 살해된다. 목격자도 없고
살해 현장에 '분노(努)'라는 피로 쓰인 글자만이 남아 있을 뿐이
다. 살인 사건 뒤 일 년의 시간이 흐른다. 치바의 항구에서 일하
는 요헤이는 돌연 가출해 유흥업소에서 일하던 딸 아이코를 집
으로 데려온다. 아이코는 아버지 가게에서 일하는 타시로와 사
랑에 빠진다. 하지만 요헤이는 타시로를 '의심'의 눈길로 바라
본다.

클럽파티를 즐기는 도쿄의 샐러리맨 유마는 신주쿠에서 만
난 나오토와 하룻밤을 보내고 그와 동거를 시작한다. 유마는
따뜻하고 친절한 나오토가 마음에 든다. 하지만 나오토가 자신
의 이야기를 털어놓지 않자 그를 '의심'의 눈길로 바라보기 시
작한다.

오키나와로 이사 온 고등학생 이즈미는 새로 사귄 친구 타츠
야와 무인도를 구경하던 중 섬에서 배낭여행을 하던 타나카를
우연히 만나 그와 친구가 된다. 이즈미와 타츠야는 다정하고

유쾌한 타나카를 만나기 위해 섬에 다시 들르지만 타나카는 반가워하면서도 그들을 불편해한다. 그는 이즈미에게 자신이 섬에 있는 사실을 비밀로 해달라고 부탁한다.

경찰은 살인 사건의 용의자로 야마가미를 특정하고 성형수술을 한 그가 여장했을 가능성을 염두에 두고 엘리베이터 CCTV에 찍힌 그의 모습을 TV에 공개한다. 그런데 공개된 야마가미의 모습은 타시로, 나오토, 타나카와 조금씩 닮아 있다. 타시로는 야마가미처럼 왼손잡이고, 나오토는 뺨에 야마가미와 똑같은 점이 있고, 타나카는 얼굴이 전체적으로 야마가미와 닮았다.

아이코는 타시로가 범인일지도 모른다는 생각에 경찰에 신고한다. 하지만 지문 감식 결과 타시로가 범인이 아닌 것으로 판명이 나자 아이코는 오열한다. 나오토는 유마와 작은 오해 때문에 다투고 집을 나간다. 경찰의 전화를 받은 유마는 나오토를 살인 사건의 범인이라고 생각하고 그의 소지품을 전부 내다 버린다. 그런데 우연히 유마는 나오토의 고아원 친구로부터 나오토가 자기를 진정으로 사랑했다는 사실을 전해 듣는다. 하지만 평소 심장병을 앓던 나오토는 이미 세상을 떠난 상태다. 이 모든 사실을 알고 유마는 오열한다. 이즈미와 타츠야는 나하로 놀러 나갔다가 우연히 그곳에서 타나카를 만나 함께 밥을 먹는다. 이즈미는 술에 취해 갑자기 사라진 타츠야를 찾다가 미군에게 끌려가 성폭행을 당한다.

그러던 중 예전에 공사 현장에서 살인범 야미가미와 함께 일했다는 사람이 나타나면서 살인 사건의 전말이 밝혀진다. 무더운 여름날 회사의 실수로 잘못된 주소로 공사 현장을 찾아간 야마가미는 폭염과 실수에 대해 사과 한마디 없는 회사에 대한 분노로 폭발 직전이다. 그는 어느 집 앞에서 쉬고 있었고 외출에서 돌아온 집 주인 여자는 그에게 물 한잔을 건넨다. 그녀는 야마가미에게 호의를 베풀었지만 야마가미는 그것을 호의로 받아들이지 않고 자신을 모욕했다고 생각해 그녀와 그녀의 남편을 끔찍하게 살해했다. 세 명의 용의자 가운데 야마가미는 결국 타나카로 밝혀진다. 타나카는 자신 때문에 이즈미가 미군에게 성폭행을 당했다고 자책하는 타츠야를 위로하면서 함께 지내지만 자신의 분노를 억누르지 못하고 결국 폭발한다. 타나카의 악행과 비밀을 알게 된 타츠야는 그를 칼로 찌르며 울부짖는다. 이 모든 사실을 알게 된 이즈미 또한 오열한다.

다시 데리다로 돌아가자. 그는 『글쓰기와 차이』(1967)에 실린 '레비나스 사유에 관한 에세이'라는 부제가 붙은 「폭력과 형이상학」에서 임마누엘 레비나스의 '환대'를 비판한다. 하지만 보다 정확히 말하면 데리다는 이 글에서 레비나스의 철학 자체를 비판하기보다는 서양 철학의 형이상학 토대를 비판하고 해체한다. 주지하듯 서양 철학은 플라톤을 이성의 설립자로서 간주하고 텔로스가 그림자 속에서 잠자고 있기에 이를 깨우는 것을 철학의 과업으로 삼는다. 형이상학의 전통에서 가장 큰 문제는 윤리적인 것이 형이상학과 분리된다는 점이다. 윤리적인 것은 타자와의 관계를 포함해야만 윤리적일 수 있다. 그러나 플라톤에서 시작되는 서양 철학에서 타자는 철학적 중심이 아니다. 플라톤을 공통분모로 하는 마르틴 하이데거와 에드문트 후설의 현상학 또한 마찬가지다. 다시 말하지만 데리다의 레비나스 비판은 레비나스에 대한 비판이라기보다는 서양 철학 전체에 대한 비판이고, 바로 이 점은 이는 데리다 자신의 독특한 사유의 출발점이다. 데리다는 레비나스를 사숙하고 이후에 전개될 자신의 독창적인 '타자' 철학의 사유의 문을 열었다.

〈분노〉의 살인 사건은 결국 '환대'에서 비롯되었다. 환대는 레비나스의 거주와 연관해서 잘 알려진 개념이다. 환대는 내 집에 타자를 기꺼이 맞아들이는 것을 뜻한다. 특정한 장소, 즉 집에 거주한다는 것은 정체성, 정지, 공간성을 뜻한다. 주인 입장에서 보면 낯선 손님을 집에 맞아들이는 것은 자신의 안락함과 편안함을 깨뜨리는 것이다. 그렇다면 '나에게 익숙하고 안락한 세계를 열고 위험 부담이 있는 낯선 자를 받아들이는 이유는 어디에 있는가'라는 질문을 던지지 않을 수 없다. 이 질문에 대해 레비나스는 아마도 그 낯선 자가 헐벗고 굶주리고 가난한 자로 나에게 찾아오기 때문일 것이라고 답한다. 그에 따르면 집주인 역시 처음에는 자신의 거주지에 손님으로 왔기 때문에 손님을 반갑게 맞이해야 한다.

그런데 타자를 환대하는 데 따르는 위험성, 곧 낯선 자가 강도로 돌변할 가능성과 이를 식별할 수 있는 가능성의 문제가 발생한다. 데리다를 포함해 레비나스를 비판하는 이들은 주로 이 부분에서 레비나스의 타자 및 환대의 개념을 비판한다. 그들은 '만일 다가오는 누구에게나 우리 자신을 개방한다면 우리가 어떻게 선한 타자와 악한 타자를 구별할 수 있느냐'고 반문한다. 그들은 레비나스가 구체적인 상황에서 선한 타자와 악한 타자를 구별해야 하는 인간의 윤리적 필요성을 간과했다고 지적한다. 데리다 또한 마찬가지다. 그는 『아듀 레비나스』(1998)에서 "절대적으로 타자를 환대한다는 것은 윤리적 분별의 모든 기준을 보류함을 의미한다. 그리고 그러한 비분별적인 타자에 대한 개방 안에서 우리는 선과 악을 구분할 능력을 상실한다"라고 말한다.

오늘날 환대의 윤리는 세계화 시대를 살아가고 있는 현대인들에게 매우 중요한 메시지를 전한다. 이주민, 난민, 불법체류자의 문제는 국제 사회에서 심각한 문제로 대두되고 있다. 데리다는 환대의 윤리를 통해 책임, 정의, 국가에 대한 전복적인 사유를 시도한다. 그는 레비나스를 비판하는 동시에 전유하면서 궁극적으로 현상학과 존재론의 축을 다른 쪽으로 이동시킨다. 그것은 바로 타자의 얼굴을 통해서 내게 맡겨진 책임을 근원적으로 성찰하고, 타자의 부름에 응답할 수밖에 없는 존재로 세워준다. 타인의 얼굴은 내게 살해를 금지하고 내게 말을 걸기 때문이다.

〈분노〉에서 야마가미에 의해 살해된 집 주인은 야마가미라는 타인의 얼굴을 통해 자신에게 맡겨진 책임을 근원적으로 성찰하고 타인의 부름에 응답했다. 그녀는 그에게 괜찮은지 물었고 마실 물을 건넸다. 그녀는 주인으로서 마땅히 해야 할 환대를 베풀었다. 하지만 그 환대는 배반당하며 끔찍한 살인으로 되돌아왔다. 어쩌면 그녀는 타인의 부름에 응답을 잘못해서 죽었는지 모른다. 즉 야마가미는 무관심을 요구했지만 그녀는 환대로 답했고 그는 그녀의 환대를 동정 또는 조롱으로 받아들였다. 그렇다면 그녀처럼 되지 않기 위해서는 타인에게 환대를 거두고 무관심으로 대응해야 하는가? 그러나 무관심이 환대와 같은 결과를 가져오지 않는다고 누가 장담할 수 있는가? 우리는 무관심이 가져온 끔찍한 일들을 너무나 많이 보아왔다. 사실 배반당한 환대보다는 무관심이 훨씬 더 끔찍한 상황을 초래한다.

1950년대의 '문화사 산책'

〈명동백작〉(2004)이라는 '전설적인' 드라마가 있다. 당시에는 이런 드라마가 있었는지조차 알지 못하다가 최근에 우연히 알게 되었다. 그래서 시쳇말로 이 드라마를 '정주행'했다. 2004년 EBS 문화사 시리즈의 일환으로 기획된 이 드라마는 서울 명동의 문화예술인들의 크고 작은 이야기를 그리고 있다. 드라마는 명동이 좋아 20년 넘게 하루도 빠지지 않고 명동을 제집처럼 드나들어 '명동백작'이라는 별명의 기자 겸 소설가 이봉구, 그와 친분이 깊은 시인 김수영, 그리고 박인환을 중심으로 드라마가 진행된다. 그 밖에도 오상순, 김관식, 전혜린, 연극 연출가 이해랑, 무용가 김백봉, 화가 이중섭 등 그 당시 명동에 있던 예술인들을 다루면서도 동시에 이화룡, 신상사, 이정재 등 당시 주먹들의 이야기도 곁가지로 다루고 있다. 비중이 그렇게 크지 않지만 소설가 박계주와 정비석, 시인 서정주와 오장환 등도 잠깐 등장한다. 우디 앨런의 〈미드나잇 인 파리〉(2011)가 1920년대 파리의 '문화 스케치'라면 〈명동백작〉은 1950년대 명동의 '문화사 산책'이라고 할 수 있다.

그렇다고 하더라도 〈명동백작〉의 중심 서사는 김수영과 박인환의 관계다. 그들은 한마디로 애증의 관계다. 그들 사이에는 시종일관 긴장과 갈등이 흐른다. 드라마는 6·25전쟁 시기를 전후로 시작된다. 김수영은 6·25전쟁이 발발했을 때 서울에 있었고, 그는 자신의 뜻과는 상관없이 인민군으로 징집된다. 하지만 그는 전쟁 중 포로로 잡혀 거제 포로수용소에 수용되고 그 때문에 아내 김현경을 빼앗긴다. 그는 끔찍한 전쟁의 경험과 아내 김현경과의 관계 때문에 세상을 불신하고 두려움에 폐인에 가까운 생활을 한다. 그렇기 때문에 사람들은 김수영을 가리켜 좌우 이데올로기의 갈등과 전쟁의 상처를 온몸으로 겪은 시대의 산증인이자 참여시를 통해 시대를 표현하고 저항하기에 두려움이 없었던 '진정한 시인'으로 부른다. 반면 박인환은 옷 잘 입고 여성들에게 인기가 많은 쿨한 '댄디보이'다. 그는 잘생긴 외모 덕에 항상 여성 팬이 많았고 그 때문에 많은 스캔들에 휘말리지만 드라마에서는 애처가로 그려진다. 그는 수완도 좋아 스무 살에 '마리서사'라는 서점을 경영하기도 한다.

박인환은 김수영과 절친한 친구 사이였지만 시에 대한 철학은 김수영과 사뭇 달랐다. 김수영이 철저한 현실주의자에 가깝다면 박인환은 모더니즘에 경도된 이상주의자에 가깝다고 할 수 있다. 그러나 둘 모두 시인으로서 긴 삶을 살지 못했다. 박인환은 서른한 살에 김수영은 마흔여섯 살에 요절하고 만다. 둘은 한때 누구보다도 친한 사이였지만 살아 있을 때 끝내 화해하지 못한다. 실제는 어땠는지 알 수 없지만 드라마에서 김수영은 이봉구에게 먼저 간 박인환에 대한 그리움을 토로한다. 이처럼 두 시인 사이에는 서로에 대한 미움과 그리움의 감정이 교차한다. 아마도 김수영에게는 미움이 박인환에게는 그리움이 더 컸을 것이다.

다시 말하지만 김수영은 포로수용소에서의 육체적·정신적 상흔과 아내를 빼앗겼다는 분함과 창피함으로 전쟁이 끝난 뒤에도 한동안 세상과 단절하다가 1960년대 들어 시 월평을 통해 자신의 문학 세계를 본격적으로 펼치기 시작한다. 그는 시 월평에 정치와 사상에 대한 자신의 생각을 솔직하고 직설적으로 담아낸다. 몇몇 사람들이 그의 글쓰기를 비판하자 김수영은 시 월평이라는 게 자신의 시적 주장을 통해 다른 시인들의 시를 평가하는 문학 활동이기 때문에 당연히 정치성을 띨 수밖에 없다고 반박한다.

김수영은 좋은 시와 좋지 않은 시로 분류했는데, 그가 생각했을 때 좋은 시란 언어의 작용과 언어의 서술에서 '자유'가 드러나는 시이다. 그에게 자유는 시에서 가장 중요한 개념이고, 자유를 행사할 수 있느냐 없느냐가 좋은 시의 중핵이다. 자유의 실천과 이행은 그 무엇보다도 중요한 요소다. 정치적 자유를 인정하지 않는 사회에서는 개인의 자유도 인정하지 않고, 내용을 인정하지 않는 사회에서는 형식도 인정하지 않기 때문이다.

김수영이 생각했을 때 좋은 시는 난해한 것처럼 보이지만 난해하지 않은 시이다. 그의 관점에서 보면 박인환의 시는 좋은 시가 아니다. 그는 박인환의 시를 '상식을 결한 비이성적인 시'로 규정한다. 김수영은 자신은 6·25전쟁 당시뿐만 아니라 그 후로도 시의 자유를 위해 양심의 자유를 위해 정신적으로 육체적으로 고통을 받았다고 생각했다. 반면 박인환은 6·25전쟁 때는 종군기자로서 일신의 안위를 추구했고 그 후에는 댄디보이로서 자유를 누렸다. 김수영은 그런 박인환에 극도의 반감과 혐오감을 가졌고 박인환에 대한 그런 개인적인 감정은 그의 시에 대한 평가에도 그대로 이어진다.

김수영은 유치환과 박인환을 비교하면서 유치환을 더 높이 평가한다. 그에 따르면 유치환의 시는 '침착한 이성과 논리를 바탕으로 하는 이성적인 시'인 데 반해, 박인환의 시는 '상식을 결한 비이성적인 시'다. 그는 상식의 부재를 채울 수 있는 대안으로서 증인부재도식 개념을 도입한다. 그런데 사실 김수영의 박인환 비판은 박인환 개인에 대한 비판이 아니라 당시 모더니즘 시인으로 명명되던 시인들 전체에 대한 비판이기도 하다.

김수영의 글쓰기의 특징은 '치열한 자기반성'으로 수렴된다. 그는 1960년대부터 본격적으로 산문을 쓰기 시작한다. 그에게 산문은 자신의 내면을 솔직하게 고백하는 계기이자 동시대의 문학을 논하는 기회였다. 그렇기에 그는 당시 문인들과 여러 논쟁을 벌인다. 대표적으로 '난해시' 논쟁과 '참여시' 논쟁을 들 수 있다. 그는 전봉건과 난해시 논쟁을 벌인다. 그는 난해시의 가장 큰 문제점으로서 난해성을 꼽았다. 하지만 사실 그의 비판의 지점은 난해성 자체가 아니다. 난해시의 더 큰 문제점은 양심이 결여되었다는 것이다.

이어령과는 그 유명한 '참여시' 논쟁을 벌인다. 이어령은 진정한 참여시라면 검열과 억압을 뚫고 나올 수 있는 용기가 있어야 한다고 주장한다. 김수영은 외부적인 억압으로 인해 자유롭게 글을 쓸 수 없는 상황이 더 큰 문제라고 보았다. 즉 이어령이 작가의 태도와 역량을 비판했다면 김수영은 그렇게 할 수밖에 없는 사회를 비판했다.

난해시 논쟁과 참여시 논쟁에서 김수영에게 중요한 것은 난해시도 아니고 참여시도 아니었다. 그보다는 시인의 '양심'이었다. 그가 생각했을 때 진정한 참여시는 "사회 참여를 염두에 두고 쓴 시가 아니라 '양심'을 통과하는 과정에서 재생된 시"다. 그리고 진정한 난해시에는 "시 속에 양심과 긴장이 숨 쉬고 새로운 언어의 자유를 행사한 흔적이 있어야 한다". 인간의 회복을 위해 자유를 읊는 참여시야말로 언어의 서술적인 측면이나 작용적인 측면에서 감동의 차원을 획득하기 때문이다.

김수영이 보기에 박인환의 시는 난해한 시가 아니라 불가해한 시다. 그렇기 때문에 그는 사람들이 박인환을 "천재" 또는

"모더니즘의 기수"라고 부르는 것을 못마땅하게 여겼다. 그가 보기에 박인환은 단지 "재주와 소양이 없는 값싼 유행의 숭배자"일 뿐이었다. 난해시와 참여시에 대한 김수영의 입장과 태도를 박인환의 시에 그대로 대입하면, 그의 시는 '시 속에 양심과 긴장을 찾아볼 수 없고 새로운 언어의 자유를 행사한 흔적도 없고 오직 불가해한 시'라는 결론이 도출된다. 그리고 앞서 언급한 '상식을 결여한 비이성적인 시'라는 비판이 추가된다.

그런데 김수영의 박인환의 이런 평가가 김수영의 개인적인 감정, 즉 질투와 시기에서 비롯된 것인지, 아니면 정교한 문학적 분석과 논증의 결과인지 궁금하다. 개인적으로는 후자라고 믿고 싶지만, 전자라고 하더라도 드라마를 통해서 김수영의 상처와 아픔을 조금 알게 된 이상 그를 탓하기는 어려울 것 같다. 개인적으로 박인환의 시는 '누군가를 그리워하게 하기 때문에' 좋고, 김수영의 시는 '무언가를 생각하게 하기 때문에' 좋다.

화해와 용서는 선물이 아니다

영화 〈한나 아렌트〉(2012)는 깜깜한 밤 시골에서 한 남자가 납치되는 장면으로 시작되는데, 납치된 이는 바로 제2차 세계대전의 나치 전범인 아돌프 아이히만이다. 아이히만은 나치 관료로 출세 가도를 달리다가 제2차 세계대전이 끝난 후 아르헨티나로 도피해 그곳에 정착했다. 그의 행적과 소재는 1957년 '나치 추적자'로 유명한 서독의 검사 프리츠 바우어에 의해 밝혀진다. 이스라엘 정부는 바우어 검사로부터 받은 정보를 바탕으로 모사드 요원들을 아르헨티나로 보내 아이히만을 납치했다. 아이히만은 '전쟁범죄'와 '인류에 대한 범죄' 및 '유대민족에 대한 범죄' 등의 혐의로 예루살렘의 법정에 세워졌고 사형에 처해졌다.

1961년 4월 11일 예루살렘에는 나치전범 아이히만의 재판을 취재하기 위해 수많은 인파가 예루살렘에 모여들었다. 한나 아렌트도 〈뉴요커〉의 특파원 자격으로 아이히만의 재판을 취재하기 위해 예루살렘에 왔다. 아이히만의 재판 기록을 바탕으로 저술된 책이 그 유명한 『예루살렘의 아이히만』(1963)이다. 그런데 재판에서 아렌트가 관찰한 아이히만은 반유대주의 이데올로기에 충실하고 나치즘의 사상을 내면화한 악인이 아니라, 선과 악을 구분할 줄 모르고 관료제적 타성과 인습적 관례를 따른 '명령수행자' 내지 '거대한 기계의 한 톱니바퀴'에 불과했다.

영화 〈한나 아렌트〉(2012)의 클라스막스는 아렌트가 아이히만을 통해 '악'에 대한 자신의 견해를 설파하는 장면이다. 그녀는 이렇게 말한다. "아이히만에게는 사유하는 능력이 없을 뿐이다. 개인이기를 완전히 포기한 자가 악행을 저지른다. 집단에 의한 범죄에서 가해자는 없다." 물론 그녀가 아이히만을 옹호한 것은 결코 아니다. 그녀는 아이히만의 사례를 정의의 승리가 아니라 앞으로의 인류 사회에 대한 경고로 받아들여야 한다고 주장한다.

한 사람의 범죄자를 단죄한다고 해서 악이 없어지는 것은 절대 아니다. 그보다는 인류 사회가 악에 빠지지 않도록 보편적인 이성을 갖추고 도덕적인 재무장을 해야 한다. 아렌트는 사유의 능력을 강조했다. 그녀가 생각하기에 사유의 불가능은 도덕적 불감으로 이어지고, 이는 곧 인류의 끔찍한 악행을 초래할 수 있다. 아렌트가 생각하기에 나치의 유대인 수송을 책임지며 홀로코스트의 인종학살(genocide)에 가담했던 아이히만은 악마적 본성을 가진 흉포한 인물이라기보다는 '생각할 능력이 없는' 단지 '평범한 관료'일 뿐이었다. 그녀는 아이히만을 통해 '악의 평범성(banality of evil)'을 정초한다.

그런데 일각에서는 아렌트가 아이히만의 '연기(show)'에 속았다고 주장하기도 한다. 영화 〈아이히만 쇼〉(2015)가 대표적이다. TV 감독 허위츠와 프로듀서 프루트만은 아렌트가 생각하는 것처럼 아이히만이 생각할 능력이 없는 게 아니라 그렇게 보여 위기를 빠져나가려고 한다고 생각한다. 그렇기에 그들은 아이히만의 실체를 잡아내기 위해 철저히 준비한다. 하지만 그들에게 놓인 상황은 녹록치 않다. 일단 이스라엘 정부로부터 생방송 촬영 허가를 받는 게 쉽지 않다. 게다가 그들에게는 '과연 아이히만의 진짜 얼굴을 담을 수 있을까?' 하는 더 큰 걱정거리가 남아 있다.

사실 아이히만은 평범한 관료가 아니라 나치 이데올로기에 충실한 권력 지향적인 반유대주의자였다. 그는 항상 유대인을 독일의 적으로 간주했으며 유대인 절멸을 지지한 신념에 찬 냉혹한 나치였다. 그는 유대인 추방과 수송의 총책임자로서 1941년 나치 지도부가 유대인 절멸을 결정했을 때는 그 집행을 위임받아 집행했다. 나치 독일이 패망한 뒤에는 잠시 미군 수용소에 수감되었지만 신분을 위장해 재판도 받지 않고 수용소를 탈출했다. 그는 옛 친위대 동료들, 가톨릭교회, 그리고 아르헨티나 페론 정권의 도움으로 리카르도 클레멘트라는 가명으로 아르헨티나에 정착했다. 그는 아르헨티나에서도 계속 나치 잔당과 모임을 가졌고 독일의 청년 세대에게 새로운 반유대주의 독일인의 사명을 부과하고자 했다. 그는 자신의 행위를 반성하기는커녕 피해자들에게 사과의 말조차 하지 않았다.

요제프 멩겔레라는 나치 의사가 있다. 제2차 세계대전 당시 유대인 수용소에서 그가 저지른 끔찍한 만행은 여러 매체를 통해 소개되었다. 그는 아우슈비츠와 비르케나우 강제 수용소에 의무관으로 임명되어 유대인을 대상으로 잔인한 생체실험과 쌍둥이 연구를 실행하며 '죽음의 천사'라는 별명을 얻었다. 가스실과 강제 노역으로 보내질 유대인들의 운명을 오케스트라 지휘하듯 가볍고 흥겹게 손짓으로 결정했다는 악마 같은 모습은 두고두고 회자되었다. 그는 제2차 세계대전에서 나치 독일이 패망하자 아이히만이 그랬듯이 남미로 도주했다. 그는 아르헨티나, 파라과이, 브라질 등지에서 가짜 이름으로 살았다. 그의 무덤이 발견되고 DNA 검사로 그의 신원이 확인될 때까지 그가 어디에 어떻게 살다가 죽음에 이르렀는지에 대해서는 알려진 게 없었다. 올리비에 게즈의 『나치 의사 멩겔레의 실종』(2017)은 그의 삶과 죽음에 이르는 과정을 치밀한 자료 조사와 답사를 통해 소설 형식으로 재구성한 '실제 소설'이다. 소설 속에서 아이히만과 멩겔로는 실제로 만난다.

아이히만과 멩겔레의 예에서 보듯이 남미도 도피한 나치 잔당들은 반성은커녕 호화로운 삶을 누리며 나치즘의 부활을 꿈꾸었다. 독일에 남아 있던 나치들도 죗값을 치르기보다는 법망을 피해 가며 예전의 권력을 되찾고 평온하고 안락한 일상을 즐겼다. 멩겔레는 나치즘에 대한 확신, 민족주의와 인종주의에 대한 집착, 우생학에 대한 비윤리적 맹신 등으로 가득 차 있다. 그는 자신의 잘못을 반성하기보다는 오히려 억울하다고 느낀다. 독일에 있는 그 가족들은 가업을 위해 그의 존재를 숨겨야만 했다. 그들은 모든 수단을 동원해 멩겔레의 도주를 도왔고 그를 멀리했다. 그의 아들 롤프가 아우슈비츠에서 뭘 했느냐고 묻자 그는 짜증 섞인 태도로 자신은 "합법적으로 그리고 도덕적으로 (…) 임무를 완수해야 했다"고 답한다. 자신은 "톱니바퀴"에 불과했고 만일 어떤 과도한 일이 저질러졌다 해도 그건 자신의 책임이 아니라고 항변한다. 그 말을 들은 롤프는 등을 돌리며 그의 말을 더는 듣지 않는다.

제2차 세계대전이 끝난 뒤 독일은 유대인을 비롯해 피해자들에게 진정으로 사과했고 지금까지도 나치 전범을 수색해서 처벌하고 있기 때문에 사과와 반성이 계속되고 있다고 생각했다. 그런데 『나치 의사 멩겔레의 실종』에 등장하는 독일인들을 보면서 과연 그런지 의문을 갖게 되었다. 멩겔레가 독일에 남았더라면 독일은 사형 제도가 폐지되었기 때문에 그는 재판을 받더라도 넉넉한 영치금으로 여유로운 수감 생활을 하다가 석방되었을 것이다. 그것을 알았기 때문에 그는 남미에서의 자신의 도피 생활에 치를 떨며 억울해했고, 가족을 비롯한 주변 사람들에게 엄청난 분노를 느꼈다. 그가 느낀 억울함과 분노는 반성과 회개에 어떠한 여지도 남기지 않았다.

무의미한 가정이겠지만 멩겔레가 자신의 아들 롤프에게 지난 일을 진심으로 회개하고 반성했다면, 다른 모든 이들이 그의 곁을 떠났어도 아들만큼은 그의 곁에 남았을 수도 있다. 하지만 그는 끝까지 자신의 잘못을 뉘우치거나 반성하지 않는다. 그 결과 그는 마지막 남은 아들조차 잃는다. 그는 그렇게 떠난 아들을 원망하고 만다. 결국 그의 삶의 끝에는 분노, 억울함, 원망만이 남는다. 롤프는 자신의 성(姓)을 아내의 성으로 바꾸고 한 인터뷰에서 아버지가 저지른 범죄들 때문에 자신을 증오하지 말라고 유대인에게 부탁한다. 그에게서는 아버지에 대한 일말의 연민조차 찾을 수 없다.

우리는 화해와 용서라는 말을 많이 하고 또 많이 듣는다. 물론 좋은 말이고 꼭 필요하다. 하지만 화해와 용서가 이루어지기 위해서는 진정한 사과와 반성이 먼저 이루어져야 한다. 피해자가 이제 그만해도 괜찮다고 말해도 가해자는 계속해서 사과하고 반성해야 한다. 제2차 세계대전과 같은 홀로코스트뿐만 아니라 개인과 개인 사이에도 마찬가지다. 가해자가 사과와 반성 없이 스스로 용서받았다고 말했을 때 피해자가 겪는 고통은 〈밀양〉(2007)의 신애의 예에서 보듯이 짐작조차 할 수 없을 정도로 크고 깊다. 그렇기에 피해자 앞에서 먼저 함부로 화해와 용서라는 단어를 꺼내서는 안 된다. 가해자가 피해자에게 화해와 용서를 요구해서는 안 된다. 선물을 받는 사람이 선물을 주는 사람에게 왜 선물을 주지 않느냐고 따져 물을 수도 없고 당연히 그렇게 해서도 안 된다. '화해와 용서는 결코 선물이 아니다.'

어른들 또한 성장한다

영화 〈보이후드〉(2014)를 드디어 보았다. 이 영화는 〈비포 선라이즈〉(1995~2013) 시리즈로 유명한 리처드 링클레이터 감독이 연출한 영화로 메타크리틱 전문가 평가에서 100점 만점을 받은 것으로 유명하다. 참고로 이 영화를 제외하고 100점 만점을 받은 영화는 〈대부〉(1972)와 〈시민 케인〉(1941)뿐이다. 이 영화는 여섯 살 소년 메이슨(엘라 콜트레인)이 대학에 들어가기까지 실제 시간에 맞게 촬영해 촬영 기간이 무려 12년에 달하는 '전설적인' 영화다. 간단히 말해 이 영화는 주인공 메이슨의 '성장 영화'라 할 수 있다. 하지만 이 영화는 그의 누나 사만다, 그리고 그들의 부모의 성장 영화이기도 하다. 엄마와 아빠는 준비되지 않은 상태에서 아이들을 낳았고 얼마 후 이혼한다. 엄마는 더 나은 생활을 위해서는 학업이 필요하다고 생각해 아이들의 반대를 무릅쓰고 휴스턴으로 이사를 한다.

엄마는 휴스턴에서 대학을 다니고 강의실에서 만난 대학교수 빌과 결혼한다. 메이슨과 사만다는 빌의 아이들인 민디와 랜디 남매와 한 가족이 된다. 하지만 얼마 후 빌은 알코올 중독자가 되고 아이들에게뿐만 아니라 그녀에게도 폭력을 행사한다. 그녀는 사만다와 메이슨을 데리고 도망쳐 다른 지역에서 새로운 삶을 산다. 대학 강사가 된 그녀는 매력적인 퇴역 군인 학생과 결혼을 한다. 하지만 그 또한 알코올 중독자에다가 사사건건 트집을 잡으며 그녀와 아이들을 괴롭힌다. 결국 그녀는 또다시 이혼한다.

휴스턴으로 이사하기 전 메이슨은 엄마에게 아빠를 사랑하느냐고 묻고, 엄마는 아빠를 사랑하지만 "그렇다고 같이 사는 게 모두에게 좋은 건 아니"라고 답한다. 아빠는 메이슨과 사만다를 만나러 휴스턴에 온다. 그는 아이들과 볼링도 치고 재미있는 시간을 보낸다. 하지만 사소한 말다툼으로 아빠와 엄마는 또다시 크게 싸우게 되고 결국 아이들과 바람처럼 그들의 재결합은 이루어지지 않았다. 그럼에도 아빠는 아이들과 만나 캐치볼도 하고 야구장도 함께 가는 등 아이들과 재미있게 놀아준다.

그런데 시간이 흐르면서 아빠와 아이들이 만났을 때 함께하는 행동이나 이야기 주제도 바뀐다. 그들은 정치적인 이야기도 나누고 일종의 정치 운동도 함께한다. 심지어 그는 자신과 아이들 엄마의 옛이야기를 들려주며 사만다에게는 성교육도 한다. 그는 메이슨과 둘이 캠핑을 하러 가서는 더 많은 이야기를 나눈다. 메이슨이 기억하는 아빠는 뮤지션이고 무조건 인생을 즐기는 낙천적인 사람이었지만 이제는 현실적이고 책임감을 느끼는 진정한 어른이 되었다. 메이슨이 아빠에게 "이사는 지겹다"라고 말하자 아빠는 "이사를 해야 하면 해야지", "그래도 주말마다 갈게"라고 말하며 현실을 받아들인다. 아빠는 예전에 아이들을 만났을 때는 단지 재미있게 놀아주는 것에 만남의 목적을 두었다면 이제는 부모로서 아이들을 진심으로 걱정하고 충고를 해준다.

아빠는 재혼해 자식을 낳았고, 엄마는 그토록 원하던 대학교수가 되었다. 메이슨의 고등학교 졸업식 파티 때 엄마와 아빠는 지난 일들을 이야기하며 마침내 화해한다. 아빠는 바에서 메이슨에게 "네가 책임져야 할 건 너"라고 말하는데, 이 말은 엄마가 메이슨에게 하는 말이지만 동시에 자기 자신에게 하는 말처럼 들린다. 엄마도 메이슨과 사만다에게 이사를 통보하며 불평하는 그들에게 "스스로 책임질 나이"라고 말한다. 이 또한 직접적으로 메이슨과 사만다에게 하는 말이지만 궁극적으로는 자기 자신에게 하는 말로 들린다.

메이슨은, 자식을 둘 낳아 대학 보내놓고 이제는 죽을 일만 남은 것 같다고 한탄하는 엄마를 위로하고 집을 떠난다. 그는 새로운 룸메이트 닉, 그의 여자친구 바브, 그리고 그녀의 룸메이트 니콜과 마약을 섞은 브라우니를 나눠 먹고 하이킹을 떠난다. 니콜은 언덕에 앉아 절경을 바라보며 메이슨에게 "지금 이 순간을 잡아라(Seize the moment)"라는 경구를 역으로 "순간이 우리를 붙잡는다(The moment seizes us)"라고 말한다. 메이슨은 "시간은 영원하고 순간은 바로 지금을 말하는 거잖아"라고 말하며 그녀의 말에 동의한다. 이 말은 메이슨에게만 국한되지 않는다. 앞으로 어린 딸을 키워야 하는 아빠, 사만다, 그리고 메이슨이 떠난 뒤 이제야 비로소 자기가 하고 싶은 일을 해 보고 싶다는 엄마 모두에게 해당된다. 영화 〈보이후드〉는 아이뿐만 아니라 어른도 성장한다는 사실을 잘 보여준다.

TV 드라마 〈응답하라 1988〉(2015~2016)에서 덕선(혜리)은 첫째 언니와 막내 남동생 사이에서 그동안 묵혀온 둘째의 서러움을 생일날 눈물로 쏟아낸다. "왜 맨날 나한테만 그래? 내가 만만해?" 난 뭐, 아무렇게나 해도 되는 사람이야?", "왜 나만 계란후라이 안 해 줘? 내가 계란후라이 얼마나 좋아하는데, 맨날 나만 콩자반 주고." "통닭도 아저씨가 나 먹으라고 준 건데, 닭 다리는 언니랑 노을이한테만 주고 나만 날개 주고. 나도 닭 다리 먹을 줄 알거든!" 그녀는 생일을 따로 챙겨줬으면 하는 섭섭한 마음을 드러낸다. 아빠 동일(성동일)은 그녀의 마음을 이렇게 달랜다. "저기, 덕선아. 아빠도 우리 덕선이한테 뭐 하나 줄 것이 있는디. 짜잔! 우리 덕선이 생일 축하한다. 아빠 엄마가 미안허다. 잘 몰라서 그래. 첫째 딸은 워치게 가르치고, 둘째 딸은 워치게 키우고, 막둥이는 워치게 사람 맨들어야 할 줄 몰라서. 이 아빠도 태어날 때부터 아빠가 아니잖애. 아빠도 아빠가 처음잉께, 그러니까 우리 딸이 쪼까 봐줘." 이 대사의 주어가 아빠가 아니라 엄마, 또는 어른으로 바꿔도 맥락은 크게 다르지 않다. 어른도 처음이기 때문에 어른이 되기까지 수없이 많은 실수를 한다. 같은 실수를 해서는 안 되는데 사람이기에 똑같은 실수를 또 한다.

주지하듯 『논어』의 「위정편」에는 "나이 사십부터는 세상일에 미혹되지 않는다"라는 문장이 나온다. 예전에는 이 문장을 서술문으로 읽었다. 그런데 이 나이를 지나고 보니 이 문장이 서술문이 아니라 당위문일지도 모른다는 생각이 들었다. 당위문으로 이 문장은 '미혹되지 않는다'가 아니라 '미혹되지 않아야 한다'로 읽힌다. 그냥 미혹되지 않는 게 아니라 미혹되지 않도록 노력해야 한다. 비단 마흔 살에만 국한되는 이야기는 아니다.

드라마 〈아무도 모른다〉(2020)는 '좋은 어른을 만났다면 내 인생은 달라졌을까'라는 묵직한 질문을 던진다. 실제로 어떤 어른을 만나느냐에 따라 드라마 속 주인공의 삶의 행로는 달라진다. 긍정적이건 부정적이건 간에 아이는 자라나 반드시 언젠가 어른이 된다. 그리고 남은 긴긴 어른의 시간 동안 어떤 사람으로 살지는 아무도 모른다. 어른이 되었다고 다 끝나는 게 아니라 좋은 어른이 되어야 끝나는 것이다. 좋은 어른은 그냥 되는 게 아니라 노력해야 될 수 있다. 좋은 어른이 되지 못했다고 하더라도 그렇게 되도록 노력해야 한다. 그런 점에서 어른들 또한 성장한다. 아니 마땅히 성장해야 한다.

제 3 부

망하거나 죽거나 혹은 망해서 죽거나

별 관심은 없지만 그래도 궁금한 사람이 있을 때 그를 아는 주변 사람에게 "그 사람 어때?"라고 물으면 종종 이런 대답을 듣는다. "행동이 좀 거칠고 촌스럽기는 해도 착해. 기회가 없어서 그렇지 일을 하면 잘해." 반대로 그 사람에 대해 그런 질문을 받으면 또 그렇게 답한다. 그렇다면 그 사람은 과연 어떤 사람일까? 괜찮은 사람일까? 아니면 괜찮지 않은 사람일까? 그런 사람들을 꼭 집어 가리키는 영어 표현이 있는데 바로 '언컷 젬스(uncut gems)'다. 〈언컷 젬스〉(2019)라는 영화가 있다. 단어 그대로 해석하면 언컷 젬스는 '잘리지 않은 보석'으로서 '원석'을 가리킨다. 이 영화에는 실제로 등장하고 원석은 영화의 서사를 이끌어가는 중요한 소도구로 기능한다. 하시만 이 난어에는 "거칠고 촌스럽지만 따뜻한 마음을 가진 사람"이라는 뜻도 있다. 애덤 샌들러가 주연한 영화 〈언컷 젬스〉에서 주인공 하워드는 거칠고 촌스럽지만 따뜻한 마음을 가진 바로 그 사람이다. 젬(gem)이 아니라 젬스(gems)이기에 이런 사람이 단순히 하워드 한 사람만을 가리키지는 않을 것이다.

지독한 스포츠 도박 중독자인 하워드 래트너는 유대인으로서 뉴욕의 보석상이자 짝퉁 판매업자다. 그는 사채업자인 동서 아르노를 포함해서 수많은 빚쟁이들로부터 빚 독촉에 시달리고 있는 상태다. 그가 빌린 돈은 모두 스포츠 도박을 위한 자금으로 쓰였다. 그는 아내 디나와는 거의 이혼 직전 상태인데도 직원인 줄리아와 내연 관계를 유지하고 있다. 어느 날 하워드의 브로커인 드마니가 NBA 슈퍼스타 케빈 가넷(KG)을 가게로 데려온다. 하워드는 마침 에티오피아에서 밀수한 오팔을 그에게 보여주며 경매에 내놓으면 100만 달러는 받을 것이라고 자랑한다. 오팔의 영롱한 빛에 꽂힌 KG는 오팔이 내뿜는 에너지가 오늘 경기에서 이기게 해 줄 것 같다며 하루만 빌려달라고 하워드에게 떼를 쓴다. 하워드는 KG가 끼고 있는 NBA 우승 반지를 담보로 받으며 오팔을 빌려준다.

하워드는 KG의 반지를 저당 잡아 받은 돈을 스포츠 도박에 올인 베팅한다. 그는 큰딸 마르셀이 출연한 연극을 관람하던 중 아르노의 부하인 필과 니코가 자신을 미행한 사실을 눈치챈다. 아르노는 하워드가 자신에게 빌린 돈을 갚지 않고 스포츠 도박을 한 사실을 알고 도박 브로커에게 연락해서 베팅을 취소시키고 그를 나체 상태로 차 트렁크 안에 가둬 버린다. 아내 디나의 도움으로 집에 돌아온 하워드는 KG에게 빌려준 오팔을 되돌려 받기 위해 가수 위켄드가 게스트로 초대된 파티에 드마니를 만나러 간다. 하지만 오팔도 찾지 못하고 줄리아와 싸우다가 망신만 당하고 파티장에서 쫓겨난다.

다음날 KG는 하워드의 가게에 오팔을 들고 와서 17만 5천 달러에 자신에게 팔 것을 제안하지만 하워드는 그보다 비싸게 팔기 위해 경매에서 입찰하라고 그의 제안을 거절한다. 그러나 경매가격은 하워드가 생각하는 100만 달러가 아니라 15만 달러에 불과했다. 절망하던 하워드는 경매에 참석한 장인에게 KG가 오팔을 비싸게 사도록 도와달라고 애걸복걸한다. 하지만 오팔은 KG가 아니라 하워드의 장인에게 낙찰된다. 이 광경을 모두 목격한 아르노는 하워드를 밖으로 끌고 나가 분수대에 처박아버린다. 하워드의 얼굴이 온통 멍들어 있는 것을 본 줄리아는 하워드를 위로하고 덕분에 둘의 관계는 회복된다. 하워드는 오팔을 KG에게 팔고 그 돈을 아르노 몰래 줄리아를 통해 NBA 경기에 배팅한다.

하워드의 삶은 스포츠 도박, 짝퉁, 사기, 거짓말, 불륜 등 비정상적인 일들로 점철되어 있다. 그럼에도 그는 좋은 남편, 자상한 아빠, 믿음직한 사위인 것처럼 흉내를 낸다. 그때까지는 별문제가 되지 않았다. 위급한 일이 닥치면 자신이 가장 잘하는 거짓말과 사기로 모면했다. 하지만 비정상적인 일들이 한꺼번에 혹은 연달아 터지자 그는 심각한 위기를 맞이한다. 짝퉁을

판매하면서 신용을 잃어버렸기 때문에 주변 사람들에게 도움을 요청할 수 없다. 가족들의 도움도 기대할 수 없다. 결국 그는 목숨을 위협당하면서도 스포츠 도박이라는 위험한 승부를 택한다. 하지만 도박의 승패와 상관없이 그의 삶의 결말은 처음부터 예정되어 있는지 모른다. 더 비참한 것은 아무도 그에게 관심을 두지 않는다는 사실이다. 가족들조차 그를 진심으로 걱정하지 않는다. 보석상에 남아 있는 보석들은 아르노가 함께 온 폭력배들이 다 가져갔고, KG와 드마니는 NBA 우승에 기뻐하고, 줄리아는 스포츠 도박 상금을 갖고 사라진다.

하워드는 누구보다 찌질하고 비겁하다. 바보 같은 실수만 반복하기에 그를 둘러싼 상황은 별로 나아지지 않는다. 호쾌하게 나아가지 못한 채 제자리걸음만을 반복한다. '한방'을 기대하며 지리멸렬한 삶을 살았던 하워드는 마침내 처음으로 '한방'을 터뜨렸지만 '한방'에 허무하게 갔다. 그런 그의 삶을 '사필귀정'이라고 해야 할지 아니면 '인과응보'라고 해야 할지 모르겠지만 아무튼 그의 일확천금의 꿈은 '일장춘몽'처럼 날아가버렸다.

〈언컷 젬스〉의 하워드를 보며 한국 영화 〈돼지가 우물에 빠진 날〉(1996)의 효섭과 〈파이란〉(2001)의 강재가 문득 떠올랐다. 싸구려 삼류소설가인 효섭은 허위의식으로 가득한 속물이다. 그는 자신을 흠모하는 민재에게 돈을 빌려 그 돈으로 불륜 관계에 있는 보경과 여관에 간다. 그는 책임도 못 지면서 그녀에게 남편과 헤어지고 자신과 떠나자고 말한다. 그는 술자리에서 평론가와 시비가 붙게 되고 그 일로 술병을 깨며 난리를 치다가 결국 파출소로 끌려간다. 그는 자신을 짝사랑하는 민재와 함께 있다가 그녀를 짝사랑하는 민수에 의해 끔찍하게 살해된다. 가정을 버리고 그와 함께 떠나려 했던 보경조차도 그가 죽었다는 것을 알지 못한다. 〈언컷 젬스〉에서도 하워드가 총을 맞고 죽었는데도 그의 아내 디나는 대수롭지 않게 여기며 전에 그가 "알몸으로 트렁크에 있었"기에 "경찰에 신고 전화"하겠다고 말한다. 이 장면은 너무나 짧게 지나가기 때문에 그녀가 남편을 진심으로 걱정하는 것인지 아니면 그를 창피하게 여기는 것인지 정확하게 알기 어렵다. 아무튼 하워드나 효섭은 끔찍하게 죽지만 그 누구도 그 사실을 알지 못한다.

앞에서 하워드의 삶을 지리멸렬이라고 규정했는데 〈파이란〉에서의 강재의 삶도 그에 못지않다. 강재는 불법 포르노 비디오테이프를 유통시키다가 걸려 10일의 구류를 살다가 나올 만큼 보잘것없는 삼류 양아치 건달이다. 그는 오락실을 기웃거리며 인형 뽑기 오락에 열중한다. 그래도 그에게는 배 한 척 사서 고향으로 돌아가겠다는 소박한 꿈이 있다. 하지만 그는 싸움도 못 하고 모질지도 못해 후배들로부터 무시당하고 친구이자 조직의 보스인 용식으로부터는 언어맞기 일쑤다. 그는 자신의 꿈을 위해 친구의 살인죄까지 뒤집어쓰려 한다. 강재는 '행동이 좀 거칠고 촌스럽기는 해도 마음만큼은 착한' 언컷 젬의 전형이다. 그를 잘 모르는 파이란조차도 그에게 "강재 씨가 가장 친절

합니다"라고 말할 정도다. 하지만 그의 삶은 지리멸렬하다. 물론 강재의 삶이 하워드처럼 거짓말과 사기로 점철되어 있지는 않다.

〈언컷 젬스〉는 뉴욕, 그 가운데서도 유대인 사회를 배경으로 한다. 주인공인 하워드도 유대인이고 그의 처가 식구들도 유대인이다. 그들은 유대교 최대의 명절인 유월절에 한데 모여 식사를 한다. 유월절은 유대인이 하느님으로부터 구원받고 새 생명을 얻은 경건한 날이다. 그들은 식사 전에 식탁에 모여 토라를 읽는다. 거친 음식을 먹으며 하느님으로부터 선택받은 민족이라는 점을 가슴에 새기고 신앙을 지키며 바른 삶을 살겠다고 다짐한다. 하지만 하워드는 도박, 사기, 거짓말 등을 일삼고, 그의 동서 아르노는 사채업을 하며 돈을 갚지 않을 때는 폭력배를 동원하는 것에서 알 수 있듯이, 그들의 삶은 유대교 교리에서 크게 벗어난다. 요컨대 하워드와 그의 처가 식구들은 진정한 유대인이 아니다. 그들이 독실한 유대인이었다면 그런 삶을 살지도 않았을 것이다.

그렇다면 지리멸렬한 하워드의 삶에 남은 선택지는 '망하거나 죽거나' 둘 중의 하나다. 그런데 그를 제외한 나머지 사람은 그가 '망해서 죽는다'는 결말을 이미 모두 알고 있다. 어쩌면 하워드 자신만 그 결말을 모르기 때문에 이 영화가 희극적이면서 동시에 비극적인지 모른다. 하워드의 삶은 희극처럼 보이지만 비극 같고 비극처럼 보이지만 희극 같다. 하워드의 인생만 그런 게 아니라 우리 모두의 인생이 그렇기 때문에 이 영화를 보면서 마냥 웃을 수 없었다. 〈언컷 젬스〉를 보면 "인생은 멀리서 보면 희극이지만 가까이에서 보면 비극이다"라는 채플린의 말이 더욱 가슴에 와 닿는다.

책은 어떻게 만들어지는가

미국문학사를 톺아보면 두 차례의 황금기가 있다. 첫 번째는 19세기 초부터 남북전쟁을 전후로 한 시기로서 보통 '미국문예부흥(American Renaissance)'이라고 불린다. 워싱턴 어빙과 제임스 페니모어 쿠퍼에서 시작해 에드거 앨런 포, 내서니얼 호손, 허멘 멜빌, 랠프 왈도 에머슨, 헨리 데이비드 소로, 월트 휘트먼 등의 문인들이 이 시기 미국 문학을 빛냈다. 두 번째는 제1차 세계대전 후 1920년대로서 이 시기는 '광란의 20년대(Roaring Twenties)'로 불린다. 이 시기에는 어니스트 헤밍웨이, 프랜시스 스콧 피츠제럴드, 윌리엄 포크너, 토머스 울프 등의 작가들이 활약했다.

두 번째 황금기에 활약한 헤밍웨이, 피츠제럴드, 포크너 등은 보통 '잃어버린 세대(Lost Generation)'로 규정된다. 사전적으로 잃어버린 세대는 제1차 세계대전이 끝난 뒤 느낀 절망과 허무감을 문학에 반영한 젊은 세대를 가리킨다. 잃어버린 세대는 '인생의 의미나 목표를 잃고 방황하는 세대'라는 의미에서 붙여진 이름으로서, 1920년대 파리에 머물던 미국 문인들의 대모인 거트루드 스타인이 절망과 허무에 사로잡힌 헤밍웨이, 피츠제럴드, 포크너 등을 칭하면서 시작되었다고 전해진다. 영화 〈미드나잇 인 파리〉(2011)를 보면 1920년대 파리에 머물며 절망과 허무에 사로잡힌 미국 문인들 면면을 볼 수 있다. 헤밍웨이, 피츠제럴드 부부, 스타인 등이 영화에 등장한다. 그들뿐만 아니라 파블로 피카소, 살바도르 달리 등 당시 파리에서 활동한 수많은 예술인도 등장한다. 참고로 최근 들어서 '잃어버린 세대'는 '길 잃은 세대'로도 명명된다.

헤밍웨이, 피츠제럴드, 포크너뿐만 아니라 울프와 존 스타인벡은 나이도 비슷할 뿐만 아니라 비슷한 시기에 활동했다. 그럼에도 불구하고 헤밍웨이, 피츠제럴드, 포크너만 잃어버린 세대로 분류된다. 스타인벡은 주로 1930년대에 활동했기에 잃어버린 세대로 분류되지 않는 게 당연할 수도 있지만, 같은 1920년대에 활동했고 나이도 비슷한데 왜 울프는 잃어버린 세대로 분류되지 않을까? 헤밍웨이, 피츠제럴드, 포크너는 잃어버린 세대의 정의에 맞게 절망, 허무, 고독 등을 작품의 주제로 형상화했다. 이 주제들은 다르게 표현하면 '상실'이라고 말할 수 있다. 반면 울프의 작품에 깔리는 주요 정서는 『천사여, 고향을 보라』(1929)와 『그대 다시는 고향에 가지 못하리』(1940)가 잘 보여주듯이 상실보다는 사람에 대한 '그리움'과 고향에 대한 '향수'다.

영화 〈지니어스〉(2016)가 소설가 토머스 울프와 천재 편집자 맥스웰 퍼킨스의 이야기라는 것을 알았을 때는 예전에 울프의 『천사여, 고향을 보라』를 읽었다고 생각했다. 그런데 영화를 보면서 그 생각이 틀렸다는 것을 알았다. 예전에 읽은 책은 『천사여, 고향을 보라』가 아니라 『그대 다시는 고향에 가지 못하리』였다. 사실 『천사여, 고향을 보라』는 국내에 번역된 적이 없고 『그대 다시는 고향에 가지 못 가리』는 이미 절판된 상태다. 그래서 이제는 읽고 싶어도 읽을 방법이 없다.

『천사여, 고향을 보라』와 『그대 다시는 고향에 가지 못하리』는 모두 작가 울프의 자전적인 경험을 바탕으로 하고 있다. 『천사여, 고향을 보라』의 주인공 유진 건트는 6형제의 막내로 낙천적인 아버지와 현실적인 어머니, 그리고 다른 가족들의 사랑을 받으며 성장한다. 아버지와 어머니는 성격 차이 때문에 항상 말다툼을 하다가 결국 별거하게 되고 형제들 모두 고향을 떠난다. 유진은 고독감에 젖지만 책을 벗 삼아 자신만의 세계를 구축해 간다. 대학에 입학한 뒤에는 사색과 방랑의 청춘이 시작된다. 형 벤이 죽자 그는 잃어버린 생의 의미를 탐구하기 위해 집을 떠난다.

『그대 다시는 고향에 가지 못하리』의 주인공은 소설가를 꿈꾸는 조지 웨버다. 그는 열일곱 살이나 많은 유부녀 에스터 잭을 사랑한다. 하지만 그는 그 사랑 때문에 괴로워하다가 어느 날 도망치듯이 유럽으로 떠난다. 그러나 향수병을 견디지 못하고 일 년 만에 돌아온 그는 친척의 장례식에 참석하기 위해 십오 년 만에 고향에 갔다가 변화된 모습에 충격을 받는다. 1920년대 말, 전 세계를 덮친 대공황의 여파로 고향은 예전의 모습을 잃은 지 오래였다. 데뷔작이 세간의 주목을 받으면서 그는 유명 작가가 되지만 잃어버린 고향에 대한 그리움은 더욱 커진다. 요컨대 『천사여, 고향을 보라』가 고향을 떠나는 이야기라면 『그대 다시는 고향에 가지 못하리』는 고향으로 돌아오는 이야기다. 두 작품에서 고향이란 주제가 반복되는 것에서 짐작할 수 있듯이 울프는 평생 잃어버린 고향에 천착했다.

〈지니어스〉는 소설가 토머스 울프와 천재 편집자인 맥스웰 퍼킨스의 실화를 다룬 A. 스콧 버그의 소설 『맥스 퍼킨스: 천재 편집자』(1978)를 원작으로 하고 있다. 1929년 뉴욕의 유력 출판사 스크리브너스의 최고 실력자 퍼킨스(콜린 퍼스)는 모든 출판사로부터 거절을 당한 무명작가 토머스 울프(주드 로)의 원고를 우연히 읽게 된다. 퍼킨스는 방대하지만 소용돌이와 같은 문체를 가진 울프에 반해 그에게 출판을 제안한다. 서정적이고 세련된 울프의 감성에 냉철하고 완벽주의적인 퍼킨스의 열정이 더해져 탄생한 이 작품이 바로 『천사여, 고향을 보라』다. 울프의 데뷔작인 이 작품은 출판과 동시에 베스트셀러에 오르며 또 하나의 천재 작가의 탄생을 세상에 알렸다.

데뷔작의 성공 이후에도 울프는 쏟아지는 영감과 엄청난 창작열로 5,000페이지에 달하는 두 번째 책의 원고를 탈고해 퍼킨스에게 건네고 그들은 또다시 기나긴 편집 과정에 돌입한다. 하지만 울프의 연인이자, 첫 독자이자, 후원자인 엘린(니콜 키드먼)은 그가 자신보다 작업에만 몰두하고 계속 퍼킨스만을 찾자 절망감에 빠져들며 결국 그를 떠난다. 퍼킨스 또한 성공 이후 광적으로 변해 가는 울프와 점점 의견 충돌을 빚는다. 울프는 표현하고 싶은 것을 하염없이 길게 늘어 쓰고 퍼킨스는 그것을 계속 줄이라고 충고한다. 당연한 말이지만 울프는 작가의 입장에서 퍼킨스는 독자의 입장에서 글을 바라보았기 때문에 둘 사이에 의견 충돌이 일어난 것이다.

〈지니어스〉를 보며 '천재는 과연 어떤 사람인가?'라고 생각해 본다. 영화 〈지니어스〉에서 천재는 편집자 퍼킨스와 작가 울프 모두를 가리킬 수 있겠지만, 그래도 원작 소설의 제목에 비추어 본다면 퍼킨스를 가리킨다. TV 드라마나 영화에서 작가들은 영감의 순간을 놓치지 않기 위해 쉬지 않고 타이핑을 한다. 하지만 작가는 타이핑하는 순간보다 타이핑하기 위해 머릿속으로 생각하는 순간이 더 많다. 실제로 어느 유명한 작가도 TV 인터뷰에서 그렇게 이야기했다. 시쳇말로 '멍 때리는' 시간이 더 많다. 편집자 역시 마찬가지로 글을 고치고 다시 쓰는 순간보다도 글을 보며 생각하는 순간이 더 많다고 한다. 왜냐하면 그 생각하는 순간의 양과 질에 따라 결과물이 달라지기 때문이다. 편집할 때 퍼킨스는 생각의 순간 속에서 완벽함을 추구하면서 천재성을 발휘한다. 하지만 그런 완벽함 하나 때문에 그가 천재인 것은 아니다. 완벽함에 인간적인 면이 더해지면서 그는 진정한 천재가 된다.

　퍼킨스는 자신이 하는 글을 고치는 일을 좋아하고 가족을 사랑한다. 그런데 그는 주변 사람들을 따뜻하게 대한다. 예컨대 그는 정신병원에 입원한 아내 젤다 때문에 글을 쓰지 못해 경제적으로 어려움을 겪는 피츠제럴드에게 물질적으로 뿐만 아니라 정신적으로 도움을 준다. 그는 작가로서의 성공 후 변덕스럽고 무례해진 울프에게 적잖이 실망하기도 하지만 그의 죽음에 애도의 눈물을 흘릴 정도로 인간적인 매력이 넘친다.

　퍼킨스는 무엇보다도 자신만이 옳다고 생각하지 않는다. 그는 성실하면서도 겸손하다. 마침내 길고 긴 편집 작업이 끝났을 때 울프는 퍼킨스에 대한 감사의 글을 추가하려고 한다. 하지만 퍼킨스는 편집자는 "익명으로 남아 있어야 해"라고 말하며 이를 반대한다. 대신 그는 우리가 "글을 정말 더 좋게 만드는가? 그냥 다르게 만드는 것 아닌가?"라고 반문하며 편집에 대한 두려움 또는 무서움을 토로한다. 퍼킨스의 이러한 면이 그를 천재로 만든 게 아닐까, 라고 생각해 본다. 아니 그렇기 때문에 사람들이 그를 천재라고 생각한다.

　영화의 만듦새로 보자면 영화 〈지니어스〉는 과히 훌륭하다고 말하기 어렵다. 이름 있는 배우들이 여러 명 등장하지만 그들을 효과적으로 활용하지 못했고 극적 전개에서 특별한 반전도 감정적으로 자극하거나 흥분시키는 장면도 없다. 이런 비판에 대해 누군가는 이 영화가 실화를 바탕으로 했기 때문에 어쩔 수 없는 일이라고 항변하기도 한다. 다시 말하면 실화를 바탕으로 한 영화 중 극적인 전개를 위해 사실과 너무 다르게 뻥튀기하거나 각색한 여느 영화와 다르게 이 영화처럼 철저한 고증이 이루어진 실화 바탕 영화도 필요하다고 주장하기도 한다. 사실 영화평은 단지 참조점일 뿐 영화 감상에서 크게 중요하지 않다.

개인적으로 영화 〈지니어스〉는 다른 모든 것을 떠나 글쓰기, 심지어 문학적 글쓰기에서도 재능 못지않게 초고 쓰기에서부터 퇴고에 이르기까지 얼마나 많은 시간과 노력이 기울여지고 그 것이 얼마나 필요한지 알게 해 주는 영화였다. 작가와 편집자의 관계에 대해서도 이 영화를 통해 알게 되었다. 작가와 편집자는 서로 갈등하고 대립하지만 궁극적으로는 좋은 책을 만들어가는 여정을 함께 하는 동반자라는 사실 말이다. 이 영화는 영화적 완성도보다도 바로 이 점이 훨씬 더 가슴에 와 닿는다.

훌륭한 영화와 좋은 영화

범박하게 분류하자면 영화는 '마음을 움직이는 영화'와 '머리를 쓰게 하는 영화'로 분류된다. 그렇다면 크리스토퍼 놀란의 영화는 어디에 속할까? 당연히 후자에 속할 것이다. 〈메멘토〉(2001)를 보았을 때도 그랬고 〈인셉션〉(2010)을 볼 때도 그랬다. 단언컨대 〈테넷〉(2020)은 머리를 아프게 만드는 영화의 정점에 있다고 말할 수 있다. 그의 이름을 전 세계적으로 알린 〈메멘토〉는 '기억'에 관한 영화로서 교차편집으로 과거와 현재를 동시에 보여준다. 이 영화에서는 흑백과 컬러의 화면이 동시에 나오는데 흑백 화면은 시간 순으로 진행되고 컬러 화면은 역시간 순으로 진행된다. 그래서 영화를 제대로 이해하기 위해서는 이론적으로 흑백 장면은 앞에서부터 뒤로 시간 순으로 이해하고 컬러 화면은 거꾸로 뒤로부터 앞으로 이해하면 된다. 이렇게 말하면 이 영화는 무척 단순할 것 같은데 막상 영화를 보면 그게 말처럼 쉽지 않다. 흑백 장면은 순서대로 흑백 장면은 객관적인 사실의 나열이라면 컬러 화면은 주인공 레너드의 주관적 해석이 들어가기 때문에 이해하기 쉽지 않다. 볼 때는 이해가 되는데 보고 나면 또다시 이해가 되지 않는다. 많은 사람들이 이야기하듯 그냥 아무 생각 없이 이 영화를 보았다가는 머릿속이 뒤엉켜 버리고 낭패를 당한다.

〈인셉션〉은 '꿈'에 관한 영화다. 주인공 코브는 타인의 꿈속에 들어가 생각을 '훔치는(extract)' 특수 보안요원이다. 코브는 아내를 죽였다는 죄목으로 국제적인 범죄자로 수배가 되어 있는 상태다. 기업가 사이토는 그런 코브에게 자신의 경쟁 기업의 아들에게 생각을 '심는(incept)' 작전을 제안한다. 그는 코브에게 그 제안을 받아들이면 신분을 바꿔주겠다는 거부할 수 없는 제안을 하고 코브는 사랑하는 아이들에게 돌아가기 위해 어쩔 수 없이 그 제안을 받아들인다. 코브는 작전을 성공시키기 위해 여러 전문가들로 소위 '드림팀'을 구성하지만 상황이 여의치 않다. 영화 속에서는 꿈속으로 들어갔다가 나오는 과정이 반복된다. 결론적으로 말해 이 영화 또한 〈메멘토〉가 그랬던 것처럼 이해하는 게 쉽지 않다.

놀란의 가장 최신작인 〈테넷〉은 이해하기 어려움으로 따지자면 〈메멘토〉와 〈인셉션〉을 훨씬 능가한다. 이 영화는 도입부에서 기본적인 정보조차 제대로 설명하지 않을 정도로 불친절하다. 〈테넷〉은 한마디로 '시간'에 관한 영화다. 테넷은 세상을 구하려는 사람들이 미래에 설립한 비밀 조직으로, 조직의 구성원들은 '인버전(Inversion)'이라는 기술을 통해 시간 이동을 자유롭게 한다. 과거─현재─미래를 동시에 아우르며 세계를 파괴하려는 미래 세력에 맞서 싸운다. 영화 속에서 순행하는 시간과 역행하는 시간이 얽혀 있고 또 모든 장면은 퍼즐처럼 연결되어 있기 때문에 놀란의 영화들이 그런 것처럼 이 영화 또한 이해하기 대단히 어렵다. "이해하지 말고 느끼라"는 영화 속 등장인물의 말에 공감하게 된다. 참고로 인버전이란 정류와 반대로 직류를 교류로 역변환하는 것을 의미한다. 사물의 엔트로피를 반전시켜 시간을 거스를 수 있는 미래 기술로서 인버전을 통하면 사물, 생물, 환경 등 모든 것이 반시간적으로 흘러가게 된다.

영화 〈테넷〉은 이야기가 너무나 복잡하고 이해하기도 쉽지 않기 때문에 줄거리를 요약하는 게 큰 의미는 없지만 그래도 요약하자면 이렇다. '주인공'은 작전 수행 중 적들에게 붙잡힌다(영화 속 주인공의 이름이 없다). 그는 조직을 지키기 위해 자살을 선택한다. 그런데 이 작전은 그가 테넷이라는 조직에 들어가기 위한 일종의 테스트라는 게 이어지는 장면에서 밝혀진다. 테넷은 앞으로 일어날 제3차 세계대전을 막으려 하는 조직인데, 주인공은 테넷에 들어가 또 다른 요원 닐과 함께 특수 작전을 수행한다. 주인공과 닐은 제3차 세계대전의 배후가 사토르라는 사실을 알아내고 그의 계획을 저지할 작전을 세운다. 사토르의 아내 캣은 다른 목적으로 그들의 작전에 합류한다. 주인공과 그 일행은 시간을 인위적으로 조정하는 기술인 인버전을 통해 사토르의 계획, 즉 '핵폭발'을 저지한다. 그들은 세상을 구하고 주인공은 수장으로서 테넷을 이끌게 된다.

상식적으로 말해 한번 흘러간 시간은 되돌아올 수 없다. 뜨거운 물은 시간이 흐르면 자연스럽게 차가워지지만 차가워진 물은 시간이 지난다고 하더라도 다시 뜨거워지지 않는다. 이런 현상은 '열역학 제2법칙'으로 설명된다. 영국의 극작가 톰 스토파드는 『아카디아』(1993)에서 이 에피소드를 원용해 열역학 제2법칙을 설명한다. 주인공 토마시나는 가정교사 셉티무스에게 쌀 푸딩에 잼을 넣고 휘저으면 잼이 녹으면서 푸딩이 점점 빨갛게 변하지만 거꾸로 휘저어도 원래 상태로 되돌아가지 않는 게 이상하지 않느냐고 묻는다. 토마시나는 '쌀 푸딩' 이론을 통해 더 큰 '무질서(chaos)'로의 이동뿐만 아니라 '비가역성(irreversibility)'을 설명하고 있다. 참고로 이 작품은 19세기 초와 20세기 후반이라는 두 시기를 배경으로 과거와 현재가 병행한다. 마지막 장에서는 같은 공간에서 과거의 인물과 현재의 인물이 동시에 춤을 춘다. 마치 〈테넷〉에서 현재의 주인공과 과거의 주인공이 어느 지점에서 교차되는 것처럼 말이다. 현재와 과거의 교차 또는 병존이 영화에서는 익숙한 장면이지만 연극 무대에서는 쉽게 볼 수 없는 장면이다. 대부분의 연극에서는 그런 장면을 연출하지 않는다.

〈테넷〉에서는 과거와 현재와 미래가 공존한다. 즉 두 개의 시간축이 존재한다. 하나는 과거 → 현재 → 미래로 진행되는 순행적 시간이고 또 하나는 미래 → 현재 → 과거로 진행되는 역행적 시간이다. 테넷이라는 영어 단어의 뜻은 사실 '회문'으로서 앞에서 읽어도 뒤에서 읽어도 똑같다. 영화 속 인물들은 인버전을 통해 시간을 가로지른다. 같은 순간에 있더라도 서로 다른 시간축을 형성한다. 예컨대 주인공의 시간은 순행적인 시간이고 닐의 시간은 역행적인 시간이다. 순행적인 시간과 역행적인 시간은 중간에서 만나는데 이 두 시간축이 만나는 시점이 바로 '현재'다. 결론적으로 말해 주인공은 나중에 테넷이라는 조직을 이끌고 미래의 닐을 보내 과거의 자신을 돕도록 한 것이다.

〈메멘토〉와 〈인셉션〉은 내용상 이해하기 어려웠지만 그래도 관객과 평단의 영화에 대한 평가는 대체로 우호적이었다. 하지만 〈테넷〉에 대해서는 호평만큼 혹평도 뒤따랐다. 누군가는 놀란 영화의 장단점이 〈테넷〉에서 극대화되었다고 말한다. 먼저 장점에 대해 말하자면 놀란 영화의 단점으로 늘 지적되어 온 액션 장면이 보다 세련되어졌고 플롯도 훨씬 정교해졌다. 그렇기 때문에 영화가 이해하기 어려울지언정 이해할 수 없는 것은 아니라고 말한다. 철학적인 면에서 감독은 일어난 일은 일어난 것이라는 '결정론'과 현실주의, 동시에 그럼에도 불구하고 의지적으로 할 일을 행하는 주인공들의 모습을 통해 '자유의지'를 재정의하고 모순적인 듯 보이는 결정론과 자유의지를 단일한 서사 위에서 양립 가능하도록 하나로 엮으며 생각할 거리를 던지고 있다. 또한 "우리는 과거를 바꿀 수 없고 미래에 기댈 수 없기에 시대적 과제는 각 세대가 해결해야 한다"라는 주인공의 말처럼 지금 이 순간 노력해야 한다는 철학적 화두를 던진다.

하지만 〈테넷〉에 대한 비판 역시 만만치 않다. 많은 사람들은 인버전이라는 개념은 설명이 되기에 납득할 수 있지만 그런 난해한 설정이 오히려 이야기 전개의 논리적인 인과 관계를 방해한다고 비판하며 다음과 같은 질문을 던진다. 왜 세계를 구해야 하는 주인공이 캣을 그토록 살리려 하는가? 닐은 엔딩에서 왜 그런 선택을 하는가? 사토르는 왜 그런 방식으로 주인공에게 대항하는가? 특히 캣에 대한 주인공의 감정에 대해 비판이 집중되고 있다. 그러자 누군가는 캣의 아들이 미래의 닐이기 때문에 주인공이 캣과 그녀의 아들을 보호하려 했다고 재반박한다. 이에 대한 정확하지는 않더라도 충분한 설명이 이루어지지 않기 때문에 비판과 그 비판에 대한 비판이 계속된다.

그런데 모든 예술의 목적이 그렇듯이 영화의 목적 또한 정답을 찾는 게 아니다. 감독이 처음부터 정답을 상정하지 않았을 수도 있고 감독이 상정한 게 정답이 아닐 수도 있다. 아니 엄밀히 말해 서로 다를 수 있다. 오히려 관객이 상정한 정답이 더 타당하고 납득 가능할 수도 있다. 그 판단은 오로지 관객의 몫이다.

세상에 훌륭한 영화는 셀 수 없을 만큼 많다. 그렇다고 해서 모든 훌륭한 영화가 좋은 영화는 아니다. 다시 말하면 객관적으로 훌륭한 영화와 주관적으로 좋은 영화가 항상 일치하는 것은 아니다. 누군가 "좋은 영화는 영화를 보고 난 뒤 토론이 이루어지는 영화다"라고 말했다. 그런 점에서 〈테넷〉은 호평과 혹평을 떠나 분명히 좋은 영화라고 말할 수 있다. 이 영화는 덤으로 머리를 많이 쓰게 하는데 개인적으로는 이런 영화가 좋다.

역사에 만일이 있다면

역사에서 '만약 … 라면'이라는 말처럼 허망한 말도 없지만 그럼에도 사람들은 역사를 가정한다. 그렇기 때문에 실제로 역사를 소재로 한 TV 드라마나 영화 가운데 이렇게 역사를 가정하거나, 아니면 알려지지 않은 역사의 빈틈을 채우는 경우가 꽤나 많다. 전문적으로 전자를 '대체 역사'로, 후자를 '팩션'이라고 말할 수 있다. 최근 들어 그런 시도는 더욱 늘어나는 추세다. 많은 이들은 조선 시대 때 만약 정조가 조금 더 오래 왕위에 머물렀다면 그 후 조선의 역사가 많이 바뀌었을 것이라고 말한다. 몇몇은 그의 죽음이 너무나 안타깝기에 독살설을 제기하기도 한다. 실제로 정약용은 『여유당전서』에 당시 노론 벽파의 수장이자 우의정이었던 심환지가 정조의 독살에 관여했다고 기록하고 있다. 심환지는 영조의 계비인 정순왕후 김씨와 더불어 정조를 독살시킨 용의자로 의심받았지만, 정조가 그에게 보낸 비밀 어찰이 발견되면서 정조 독살설의 혐의에서 벗어난다. 최근에는 정조와 심환지 사이에 주고받은 어찰들이 공개되면서, 정조가 겉으로는 탕평을 내세우며 노론의 영수인 심환지와 대립하는 척하였지만, 막후에서는 그에게 비밀 편지를 보낼 정도로 함께 정국을 주도했다는 해석이 나오기도 한다.

그럼에도 불구하고 야사에서 정조의 독살설은 수그러들지 않고 계속 제기되어 왔다. 예컨대 소설가 이인화는 『영원한 제국』(1993)에서 정조의 독살설을 기본 골격으로 정조를 위대한 군주로 그리고 있다. 역사학자 이덕일은 『사도세자의 고백』(1998)에서 사료를 바탕으로 정조의 독살설을 조금 더 밀고 나간다. 그의 주장에 따르면, 노론 세력은 자신들을 견제하고 왕권을 강화하려는 사도세자를 목표로 삼아 그와 영조를 이간질하고, 여기에 사도세자의 부인인 혜경궁 홍씨까지 동원해 영조의 극단적인 선택을 끌어냈다. 그들은 사도세자의 아들인 정조의 치세에도 왕과 끊임없이 여전히 대립하면서 그의 죽음에 관여했다.

다시 말하지만 많은 사람들이 정조의 독살설을 제기하는 것은 그가 왕위에 조금 더 머물렀다면 조선의 역사가 바뀌었을 것이라는 안타까움에서 비롯된다. 실제로 정조가 죽은 뒤 조선은 '세도정치'라는 소용돌이에 빠져든다. 원래 세도정치란 '정치는 널리 사회를 교화시켜 세상을 올바르게 다스리는 도리'라는 사림의 통치이념에서 나온 이상적인 정치 시스템을 가리켰다. 하지만 정조 대에 홍국영 이후 척신 또는 총신이 강력한 권세를 잡고 전권을 휘두르는 부정적인 정치 체제를 가리키게 되었다. 세도정치의 부작용이 본격화된 것은 정조가 죽고 순조가 즉위하면서부터다.

순조가 어린 나이에 즉위하자 정조의 유탁으로 김조순의 딸이 왕비가 되면서 안동 김씨에 의한 세도정치가 본격적으로 시작된다. 그 뒤 조만영의 딸이 익종, 즉 효명세자의 비가 되어 헌종을 낳자 헌종 때는 풍양 조씨에 의한 세도정치가 15년 가까이 계속된다. 그러나 김조순의 일문인 김문근의 딸이 철종의 비가 되자 다시 안동 김씨에 의한 세도정치로 이어진다. 특히 철종 대의 세도정치는 타락의 절정을 이룬 권세 정치로 종실이라도 안동 김씨 세도가들에게 눌려 살 수밖에 없었다. 철종의 뒤를 이어 고종의 생부로서 정권을 장악한 흥선대원군은 안동 김씨 세력을 몰아내고 독재적인 세도정치를 펴나가면서 외척의 발흥을 경계한다. 하지만 명성황후에 의해 그가 실각한 후 조선은 멸망할 때까지 여흥 민씨 일족의 외척에 의한 세도정치가 계속된다.

정조는 영조의 탕평책을 계승하고 서얼을 등용하는 등 과감한 개혁정책을 폈다. 그의 치세에는 실학이 융성하고 나라의 힘도 회복돼 가히 '조선의 르네상스'라고 부르기에 부족함이 없었다. 하지만 그는 때 이른 죽음을 맞이하게 되고 그가 죽은 뒤 조선은 세도정치에 빠져들면서 결국 멸망에 이르게 된다. 즉 정조의 죽음은 한 개인의 죽음으로 그친 게 아니라 국가적으로는 조선의 멸망, 그리고 개인적으로는 그의 이복형제와 후손의 비극에까지 이른다. 즉 정조가 죽은 뒤 그의 세 이복동생들인 은언군 이신, 은신군 이인, 은전군 이찬은 모두 불운한 삶을 살다간다. 은언군과 그의 아들 담은 천주교와 연루되어 사사되고, 그의 처, 며느리 또한 모두 사사된다. 은신군은 역모에 연루되어 위리안치되었다가 병사하고, 은전군 역시 역모죄로 사사된다.

정조의 죽음은 개인의 비극으로 끝나지 않고 더 안타까운 국가적 비극을 가져왔다. 정조가 죽자 왕위는 아들 순조가 잇는다. 하지만 정조에게 앙심을 품었던 영조의 계비 정순왕후 김씨는 어린 순조 대신 수렴청정을 하며 정조의 개혁정책을 모두 되돌리는 '반동'의 시대를 연다. 정순왕후가 죽은 뒤에 순조는 나름 의욕을 갖고 친정을 펴지만 '홍경래의 난'으로 큰 충격을 받았고 재위 기간 내내 병을 달고 살며 무기력함을 보인다. 아들 효명세자가 영특해 잠깐 기대를 걸어 보았지만 불과 2년 만에 죽자 희망을 완전히 꺾는다. 얼마 지나지 않아서는 그의 두 딸도 죽고 그 충격으로 그 또한 얼마 후에 죽음을 맞이하게 된다.

효명세자의 아들 헌종이 왕위를 잇지만 그 역시 요절하고 만다. 헌종의 뒤를 이은 이가 바로 '강화도령'으로 잘 알려진 철종이다. 철종은 정조의 이복동생 은언군의 손자다. 정상적인 상황이라면 왕이 되기 어렵다. 하지만 당시 조선은 비정상적인 상황이었기에 그가 왕이 되는데 전혀 문제가 없었다. 그는 말 그대로 허수아비 왕이었고 그 또한 사도세자와 정조의 후손들이 그랬던 것처럼 비극적인 삶을 살다간다.

조선 후기를 시대적 배경으로 삼은 드라마나 영화는 대개 영조와 정조, 아니면 고종 시대를 다룬다. 상대적으로 그 중간인 순조, 헌종, 철종의 시대는 잘 다루지 않는다. 그런데 최근 들어서는 이 시기를 다룬 영화와 드라마가 눈에 띄게 제법 많다. 예컨대 드라마 〈구르미 그린 달빛〉(2016)은 순조, 영화 〈명당〉(2018)은 헌종, 드라마 〈바람과 구름과 비〉(2020)와 〈철인왕후〉(2020~2021)는 철종 대를 다루고 있다. 〈구르미 그린 달빛〉은 순조의 아들 효명세자가 주인공으로 나온다. 이 드라마는 "세자 이영과 남장 내시 홍라온의 예측불허 궁중위장 로맨스"다. 드라마에서 홍라온은 조선 왕실을 무너뜨리려 한 홍경래의 난을 주도한 홍경래의 딸 또는 친척으로 설정된다. 효명세자가 조선 왕실의 희망이라면 홍경래와 그의 후손인 홍라온은 조선 민중의 희망이다. 그렇기 때문에 홍라온은 이름과 성까지 바꾸면서 내시로 신분을 위장한다. 내시부는 그녀를 찾으려 하고 이영은 그녀를 보호한다. 참고로 효명세자는 영화 〈명당〉(2018)에도 잠깐 등장하는데, 그는 영화 시작과 함께 안동 김씨의 실질적인 권력자인 김좌근의 음모로 독살된다.

효명세자는 세 살 때 왕세자에 정식 책봉되는데 그는 숙종 이후 첫 정실 왕비 소생의 원자다. 그는 적장자 왕세자로서 왕위의 정통성을 확보하고 있다. 드라마 속 주인공처럼 실제로 그는 외모가 출중하고 영특하고 재능이 있기에 안동 김씨의 세도에

눌려 지내던 아버지 순조도 그에게 기대를 건다. 순조가 효명세
자에게 대리청정의 명을 내리자 안동 김씨를 제외한 나머지 신
하들 또한 크게 기뻐했을 정도로 효명세자는 조정에서도 큰 기
대를 받는다. 그는 할아버지 정조가 추구한 '숭문좌척'의 개혁정
치를 계승한다. 그는 공직 기강을 바로잡고, 과거제도를 정비하
여 적절한 인재를 등용한다.

　이상각은 『효명세자: 칼을 품은 춤, 세도정권을 겨누다』(2013)
에서 효명세자가 안동 김씨 세도 정권의 일방 독재로 쇠약해진
왕권 회복에 힘썼다고 말한다. 그는 부모님에 대한 지극한 효심
을 표현하고 아버지 순조의 권위를 높이며 왕권을 강화하기 위
한 방책으로 순조의 '탄신 진연' 등 주요 연회들을 성대하게 개
최한다. 이 연회들의 핵심에는 '정재'라고 불리는 궁중 무용이
있었는데, 효명세자는 정재의 대부분을 직접 안무할 정도로 뛰
어난 예술적 재능을 드러낸다. 그가 순조 부부를 위해 여러 차례
진찬과 진작을 거행한 것도 왕권 강화의 일환이었다. 이전 방식
으로 고착된 현실을 타파할 수 없다고 판단한 효명세자는 이전
까지 누구도 상상하지 못한 '예악'이라는 무기를 꺼내 든 것이
다. 예악을 통해 효명세자는 신하의 최전성기를 구가하던 안동
김씨의 일방세력을 어느 정도 견제한다. 하지만 집권 내내 정국
을 휩쓴 기근과 홍수 등 천재지변 때문에 백성들의 삶은 도탄에
빠지고 강고한 세도 정권에 충성하는 탐관오리의 기세가 수그
러들지 않자 절망감에 빠진다. 결국 그는 20대의 짧은 나이에

삶을 마감하고 조선은 더욱 절망적인 상태로 빠져든다.

효명세자가 죽자 김조순은 효명세자가 모은 정치 세력을 축출하고 자신의 권력을 다시 강화했고, 그가 죽은 뒤에는 아들 김유근과 김좌근이 그 권력을 계승한다. 헌종이 왕위에 오르면서 안동 김씨의 세도 정권은 더욱 고착화되고, 풍양 조씨 일가도 세도 정치에 가세하면서 왕권은 말 그대로 유명무실해진다. 헌종은 외가인 풍양 조씨 가문을 이용해 안동 김씨 가문을 견제하고자 했으나 큰 성과를 내지 못한다. 왜냐하면 풍양 조씨 또한 외척으로서 권력을 더 많이 차지하는 데 집착했을 뿐 조정을 바로잡을 생각도 그럴 능력도 없었기 때문이다. 안동 김씨 가문은 권력을 더욱 공고히 하며 조선 역사상 순조, 헌종, 철종 3대에 걸쳐 왕비를 세우는 전무후무한 위업을 달성한다. 조정 안팎의 모든 일들이 안동 김씨 가문에 의해서 좌지우지했다는 사실은 명약관화한 일이다.

효명세자의 죽음은 그의 할아버지 정조의 죽음만큼이나 안타깝기에 영화 〈명당〉에서 그는 독살된 것으로 설정된다. 만일 효명세자가 순조의 뒤를 이었다면 그가 조선의 운명을 완전히 바꾸었거나 아니면 최소한 안동 김씨의 세도 정권을 조금이나마 견제했을지도 모른다. 그러나 이는 단지 역사적 가정이고 결과론적인 이야기일 뿐, 그렇게 되었더라도 실제 어떻게 되었을지는 또 아무도 모른다. 앞에서 말했듯이 역사에 '만약 … 라면'이라는 말처럼 허망한 말도 없지만 안타깝기에 사람들은 역사를 가정한다. 아니면 똑같은 실수를 되풀이하지 않기 위해 역사를 가정하는지도 모른다. 그럼에도 역사는 똑같은 실수를 되풀이한다. 개인적으로나 국가적으로나 말이다.

그럼에도 볼 만한 영화는 많다

2020년 코로나19가 지구촌 곳곳을 강타했다. 코로나로 인해 그 누구도 경험하지 못한 새로운 시간을 경험하고 있다. 코로나는 지금도 현재진행형이고 언제까지 갈 지 아무도 모른다. 거의 모든 분야가 그렇겠지만 2020년 영화계는 코로나로 인해 많은 것이 달라졌다. 일단 영화 제작 편수가 예년과 비교했을 때 급감했다. 많은 영화들이 제작이 중단되거나 미루어졌다. 특히 마블로 대표되는 많은 블록버스터 영화들은 제작 일정을 잠정적으로 보류했다. 천문학적인 자본을 들인 블록버스터 영화는 극장 개봉을 통해 수익을 내야 그다음 영화를 만들 수 있다. 그런데 극장 개봉이 어렵고 설령 개봉한다고 하더라도 그만큼 수익을 낼 수 없기에 제작을 연기하거나 중단할 수밖에 없다. 그래서 몇몇 영화들은 극장 '개봉'보다는 넷플릭스(Netflix)와 같은 새로운 플랫폼을 통한 '공개'를 택했다. 결과적으로 코로나 때문에 의도치 않게 영화는 개봉에서 공개의 시대로 바뀌었다.

그래도 영화는 여전히 극장에서 개봉해 상영되었다. 원래 영화는 극장 상영을 전제로 만들어진다. 개봉 영화가 부족해지자 예전의 영화가 다시 개봉하면서 그 자리를 채웠다. 그런데 2020년의 극장 재개봉은 하나의 큰 흐름에 따라 이루어지기보다는 다양한 양상을 보였다. 블록버스터에서 독립영화까지 많은 영화가 재개봉되었다. 재개봉의 흐름은 극장에만 국한되지 않고 TV에까지 이어졌다. 2018년 첫선을 보인 TV 프로그램 〈방구석 1열〉은 코로나 특수를 누렸다. "영화를 사랑하는 사람들이 한 방에 모여 영화와 인문학을 토크로 풀어내는 프로그램"을 표방한 〈방구석 1열〉은 가끔 최근에 개봉한 영화를 다루기도 하지만 대부분은 예전에 개봉되었던 영화를 다룬다. 그래서 프로그램 진행자도 이 프로그램에서 다루는 영화를 'TV 재개봉작'이라고 부른다. TV로 옛날 영화를 다시 보는 것은 아마도 코로나가 바꾸어 놓은 가장 큰 풍경이라고 할 수 있을 것이다.

두 편의 TV 재개봉작을 보았다. 바로 〈공수도〉(2019)와 〈엽문 외전〉(2018)이다. 한때 'B급 액션 영화'라는 용어가 회자된 적이 있다. 인터넷으로 검색해 보면 지금도 그 영화들을 찾을 수 있다. 장클로드 반담, 돌프 룬드그렌, 스티븐 시걸, 마크 다카스코스 등의 배우들이 나오는 영화들로서 스토리는 조금 엉성하고 기술적으로는 조잡해도 배우들의 화려한 액션이 그 모든 것을 상쇄하는 영화들이다. 보기 전에는 〈공수도〉와 〈엽문외전〉도 그저 그런 B급 액션 영화일 것이라고 생각했다. 그래서 보다가 조금 싫증이 나면 당장이라도 그만 볼 생각으로 리모컨을 손에 들고 보았다. 그런데 의외로 영화가 괜찮고 재미가 있어 시간이 가는 줄 모르고 끝까지 보았다. 그리고 이 영화들을 보면서 예전에 보았던 몇몇 영화들이 떠올랐다.

〈공수도〉는 공수도 도장을 운영하는 아빠로부터 공수도를 배운 '채영', 홀어머니와 사는 순수하고 정의로운 '종구', 일진 생활에 염증을 느끼고 새로운 시작을 위해 애쓰는 '해성'이 공수도를 배우며 함께 성장해 가는 일종의 성장 영화다. 줄거리로 보면 이 영화는 특별할 게 별로 없다. 그보다도 이 영화를 보며 예전에 보았던 많은 영화들이 떠올랐다. 먼저 랄프 마치오가 주연한 〈베스트 키드〉(1984)였다. 다니엘(랠프 마치오)은 어머니가 직장을 옮기는 바람에 캘리포니아의 소도시로 이사를 한다. 외로움을 느끼던 그는 앨리라는 여자친구를 사귀면서 행복한 나날을 보내지만, 바로 그 때문에 앨리의 남자친구였던 조니 일당으로부터 폭행을 당한다. 이웃집의 일본계 주민 미야기 덕분에 다니엘은 위기를 모면한다. 다니엘은 미야기로부터 가라데를 배우고 가라데 대회에 참가해 부상에도 불구하고 결국 우승까지 한다. 〈베스트 키드〉 또한 〈공수도〉와 마찬가지로 청춘 성장 영화라 할 수 있다. 영화의 마지막에서 다니엘을 괴롭히던 조니는 그에게 사과하며 용서를 구한다.

〈베스트 키드〉는 다양하게 변주된다. 크게 '스핀오프(spin-off)'

와 '리메이크(remake)'로 나뉜다. 〈코브라 카이〉(2018~2021)는 〈베스트 키드〉의 스핀오프다. 이 영화는 다니엘과 조니의 34년 이후의 대비되는 삶을 그리고 있다. 〈베스트 키드〉에 나왔던 다니엘 역의 랠프 마치오와 조니 역의 윌리엄 자브카가 그대로 등장한다. '코브라 카이'는 조니가 속한 가라데 팀 이름으로서 '먼저 쳐라, 봐주지 마라, 세게 쳐라'를 모토로 삼고 있다. 결승전에서 승리한 다니엘은 지역 사업가로서 성공한 반면 패한 조니는 비루하고 지리멸렬한 삶을 이어가고 있다. 조니는 다니엘을 우연히 만나게 된 후 가라데 도장 '코브라 카이'를 세우고 수련생들을 강하게 훈련시키며 과거의 패배에서 벗어나고자 하지만 여전히 다니엘에서 벗어나지 못한다.

사실 〈베스트 키드〉의 원제는 '가라데 키드'였지만 시대적인 분위기를 고려해 국내 개봉 과정에서 제목을 '베스트 키드'로 바꾸었다. 이 영화는 성룡과 제이든 스미스 주연으로 〈베스트 키드〉라는 제목으로 2010년에 리메이크되었다. 영화의 줄거리는 가라테가 쿵푸로 바뀌었다는 점을 제외하고는 큰 차이가 없다. 베이징으로 이민 와 친구들의 괴롭힘에 시달리는 외톨이 미국 소년 드레 앞에 아파트 관리인인 미스터 한이 나타나 놀라운 쿵푸 기술로 그를 위험으로부터 구해 준다. 드레는 '맞서기 위해서는 강해질 수밖에 없다'는 그의 충고에 따라 정식으로 쿵푸를 배우고 대회에 참가한다.

다시 〈공수도〉로 돌아가자. 영화가 주는 메시지로 본다면 〈공수도〉는 원작 〈베스트 키드〉보다는 리메이크 〈베스트 키드〉에 더 가깝다. 왜냐하면 영화 속 채영은 "정의 없는 힘은 폭력이고, 힘없는 정의는 무능"이라고 외치기 때문이다. 결국 채영을 비롯해 종구, 해성은 학교 폭력의 정점에 있는 진혁 일당을 소탕한다. 그리고 '정의로운 힘'의 중요성을 깨달으며 일상으로 돌아온다. 〈공수도〉는 압도적인 영화라고 말하기는 어렵지만 신선하고 재미있기에 의외로 볼만 하다. 〈공수도〉보다 훨씬 더 많은 돈을 들였음에도 불구하고 '볼만 하지 않는 영화는' 일일이 열거할 수 없을 정도로 많다.

영화 〈엽문〉 시리즈는 이소룡의 사부이며 영춘권의 대가로 알려진 실존 인물 엽문의 일대기를 다룬다. 이 영화는 테크니컬한 액션 연출과 전통적이고 간명한 스토리를 특징으로 한다. 총 네 편으로 이루어진 〈엽문〉 시리즈는 각각 항일, 반서양, 중국식 가족주의, 반미라는 주제를 표방한다. 〈엽문〉 시리즈의 흥행 덕분인지 엽문을 소재로 한 영화는 더 있다. 구예도 감독의 두 편의 〈엽문〉 영화, 왕가위 감독의 〈일대종사〉(2012) 또한 엽문을 소재로 하고 있다. 누군가는 영화 속에서 그려지는 엽문의 이야기가 연대기 순으로 맞지도 않고 개연성도 떨어진다고 비판한다. 또 이 영화가 중국식 가치를 절대 선으로 외세를 절대 악으로 상정한다고 비판한다. 하지만 개인적인 생각에 그런 주제의식은 그다지 중요하지 않아 보인다. 〈엽문〉을 보면서 대부분의 관객들이 기대하는 것은 역사적 사실성과 개연성이 아니라 주인공 엽문이 보여주는 화려한 '액션'이기 때문이다.

그런데 〈엽문〉 시리즈 중 〈엽문 외전〉(2018)이 있다. 특이하게도 이 영화에서 주인공은 엽문이 아니라 엽문에게 도전장을 낸 장천지다. 〈엽문 외전〉은 〈엽문3〉(2015)에서 출발한다. 〈엽문 3〉에서 영춘권 최고수 엽문은 뛰어난 무예뿐 아니라 올곧은 성품으로 무술인들은 물론 주민들에게도 존경을 받는다. 홍콩에 정착해 살아가던 그는 학교 부지를 빼앗으려는 폭력 조직이 어린 학생들을 위협하자 조직원들을 일망타진하고 보스와 일대일 결전을 벌인다. 밤낮없이 싸움이 계속되던 가운데, 자칭 영춘권의 정통 계승자인 장천지가 등장해 엽문에게 도전장을 내민다.

〈엽문 외전〉의 시작은 여기에서부터다. 장천지는 엽문과의 비공식적인 결투에서 패배한 뒤 영춘권을 잊고 아들과 함께 식료품 가게를 하며 평범하게 살아간다. 그러던 중 우연히 삼합회에게 쫓기던 줄리아와 나나를 도와주게 되는데, 삼합회는 복수심에 장천지의 집에 불을 낸다. 간신히 빠져나온 장천지는 어쩔수 없이 줄리아의 집에서 지낸다. 하지만 삼합회에 의해 주변 사람들이 죽임을 당하자 '정의'를 수호하기 위해 결국 마약왕과 최후의 결전을 벌이고 결국 악을 소탕한다.

〈엽문 외전〉에 대한 영화평을 찾아보니 우호적인 게 별로 없다. "이야기의 개연성도 떨어지고 등장인물의 캐릭터도 너무 평면적"이라는 지적이 대부분이다. "기존의 〈엽문〉 시리즈와 영춘권의 인기에 안이하게 기댄 이도 저도 아닌 '스핀오프'"라는 가혹한 평도 있다. 그런데 앞서 〈공수도〉에서 말했던 것처럼, 〈엽문 외전〉은 압도적인 영화라고 말하기는 어렵지만 그래도 나름 신선하고 재미있고 볼만 하다. 사실 그렇지 않은 영화가 훨씬 더 많다. 사실 모든 영화가 '명작'일 수 없다. 수많은 영화 가운데 소수의 영화만이 명작으로 손꼽힌다. 그리고 처음부터 명작 영화는 없다. 시간이 지나면서 명작이 될 뿐이다.

어쩌면 모든 영화는 'B급 영화'에서 시작한다. 제임스 캐머런, 쿠엔틴 타란티노, 로베르토 로드리게즈, 샘 레이미, 코엔 형제 등 수많은 영화적 거장들의 영화들도 처음에는 모두 B급 영화였다. 그리고 그들의 모든 영화가 명작인 것은 아니다. 그들의 B급 영화 중 명작이 된 영화도 있고, 그렇지 않은 영화도 있다. 명작이 되지 않았다고 하더라도 그 영화 또한 그들의 필모그래피에 포함된다. 시간이 흐른 뒤 〈공수도〉와 〈엽문 외전〉이 그렇게 될지 아무도 모른다. 사실 그게 그렇게 중요한 것도 아니다. '코로나 때문에' 볼 영화가 없다고 말들 하지만 찾아보면 '코로나에도 불구하고' 볼 만한 영화는 여전히 많다.

제4부

지방문학이 아니라 지역문학이다*

시간이 흐른 뒤 지난 2020년을 떠올린다면 아마도 많은 사람들은 '코로나'로 기억할 것이다. 2020년의 키워드는 누가 뭐래도 '코로나'다. 올해 1월 말 혹은 2월 초에 처음 시작된 '코로나바이러스감염증-19(COVID-19)', 약칭 코로나가 10월을 지나 11월까지 왔으니 특별한 반전이 없는 한 아마도 올해 말까지 이어질 것 같다. 올해뿐만 아니라 내년까지 코로나 사태가 이어질 것이라는 전망과 예측이 나오고 있다. 많은 이들은 설령 내년에 코로나 백신이 개발된다고 하더라도 앞으로 무슨 일이 벌어질지 또 어떻게 될지 아무도 모른다고 우려한다.

이처럼 코로나는 2020년 우리의 일상을 송두리째 뒤흔들어

---

* 이 글은 『한국작가회의 회보』 제128호(2020년 11월~12월)에 실린 〈2020 전국문학인 충북대회〉 후기 「언택트 시대, 마음은 더 가까이」를 수정 보완한 글이다.

놓았다. 코로나 때문에 사람들과 얼굴을 마주하는 일이 무척이나 어려워졌다. 얼마 전에는 수도권에서 사회적 거리두기 2단계 조치로 대면 접촉을 강제로 규제하기도 했다. 제도적인 규제가 아니더라도 사람들은 코로나 이후 자발적으로 만남을 자제하고 있다. 만나도 횟수와 정도가 예전 같지 않다. 혹시나 하는 마음으로 서로 조심한다. 코로나는 개인적인 만남뿐만 아니라 공식적인 행사에도 영향을 끼쳤다. 코로나 때문에 예정되어 있던 공식적인 행사가 대부분 취소되었거나 행사가 진행된다고 하더라도 대폭 축소되었다.

'2020 전국문학인 충북대회' 이야기가 처음 나온 것은 올해 2월에 있었던 충북작가회의 총회였다. 그때는 아직 코로나가 전국적으로 확산되기 전이라서 크게 걱정하지 않았다. 코로나 때문에 대회가 취소될 수도 있을 것이라는 생각은 그 누구도 하지 않았다. 그보다는 어떻게 하면 대회를 성공적으로 잘 치를 수 있을까, 하는 걱정이 먼저였다. 대회가 10월 중순경이니까 그때쯤이면 코로나가 종식되거나 종식이 안 되더라도 대회를 진행하는 데는 별문제 없을 것이라고 생각했다. 코로나 확진자가 산발적으로 발생할 때도 크게 걱정하지는 않았다. 그런데 서서히 8월 중순을 기점으로 전국적으로 재확산되면서 잘못하면 대회가 취소될 수도 있겠다는 말들이 서서히 나오기 시작했다. 실제로 몇몇 문화행사들은 코로나 때문에 취소되거나 규모를 크게 줄였다. 그렇다고 대회 준비를 안 할 수도 없는 노릇이었다.

준비위원회는 과연 무사히 대회를 치를 수 있을까, 하는 걱정을 안고 대회를 준비했다. 사실 『충북의 문장』 편집위원회가 구성되어 3월부터 이미 기념문집을 준비하고 있었고, 8월 말부터는 주제 강연과 학술세미나를 준비하기 시작했다. 이때까지만 해도 선택지는 '대회를 개최하거나' 아니면 '대회를 취소하거나' 둘 중 하나였다. 예전의 대회 프로그램 일정을 참고해 전체 일정과 세부 일정을 짰다. 그런데 추석을 앞두고 갑자기 여기에 '온라인 대회'라는 선택지가 하나 더 추가되었다. 엄밀히 말하면 선택지가 하나 더 추가된 것이 아니라 '대회를 개최하거나'가 '온라인 대회'로 바뀐 것뿐이다. 대회 준비위원들은 급하게 모여 이 문제를 두고 토론을 했다. 약간의 논쟁이 있었지만 결국 온라인 대회 개최로 중지를 모았다.

'2020 전국문학인 충북대회'는 기념문집 『충북의 문장』의 발간과 '주제 강연과 학술세미나'로 크게 두 부분으로 나뉜다. 『충북의 문장』의 발간은 대회를 시작하기 전 거의 마무리했기 때문에 남은 것은 '한국전쟁과 지역문학'이라는 주제로 이루어지는 '주제 강연과 학술세미나'였다. 주제 강연은 발제자가 준비해서 현장에서 발표하는 것이기에 따로 준비할 게 없었다. 문제는 '학술세미나'였다. 원래 세미나에서 가장 큰 어려움은 원고를 받는 일인데 집행부의 부지런함과 발표자들의 큰 도움으로 별 탈 없이 제때 원고가 들어왔다. 수합한 원고를 3개의 소주제로 나누었고, 각각의 소주제에 세 개 또는 네 개의 발표와 토론을 배치했다.

예전 같았으면 준비위원회가 할 일은 여기까지다. 나머지는 사회자, 발표자, 그리고 토론자의 몫이다. 그런데 올해는 온라인으로 학술세미나를 진행해야 했기 때문에 본격적인 일은 그때부터였다. ZOOM 계정을 만들고, 발표자와 토론자를 초대하고, 두 번 정도 사전 연습을 했다. 연습한다고 했지만, 학교 수업도 온라인으로 원활하게 이루어지지 않는데, 과연 학술세미나가 가능할지 사실 걱정이 앞섰다. 그런데 다행스럽게도 비교적 큰 탈 없이 무사히 잘 끝났다. 일단 전체 사회자가 긴 시간이었음에도 불구하고 세미나를 잘 진행했다. 발표자와 토론자도 짧은 시간이었지만 충실한 발표와 생산적인 토론을 해 주었다. 솔직하게 말해서 짧게는 십 년, 길게는 삼십 년 이상 말과 글로 세상을 호령한 발표자와 토론자의 내공에 많은 이들이 놀랐다. 온라인 학술세미나는 생각했던 것보다 훨씬 수준이 높았고 무사히 잘 끝났다.

2020 전국문학인 충북대회 주제 강연과 학술세미나 영상은 온라인으로 진행되었기 때문에 유튜브로 다시 볼 수 있다. 그래도 내용을 간단히 정리하면 이렇다. 주제 강연은 조갑상 소설가의 '전쟁의 상처, 평화의 문학'이라는 주제 강연과 김동춘 성공회대 교수의 '한국전쟁 70년 새로운 평화의 길'이라는 주제 강연으로 이루어졌다. 두 강연의 키워드는 모두 '평화의 길'이다. 굳이 차이라면 조갑상 소설가가 말하는 평화의 길은 '우리가 해야

할 일'을, 김동춘 교수가 말하는 평화의 길은 '정부의 태도'를 가리킨다는 점에 있다. 두 주제 강연을 통해 '평화는 오는 게 아니라 만드는 것이다', '그 평화는 누가 만들어주는 게 아니라 우리가 직접 만드는 것이다'라는 생각이 새삼 들었다.

'한국전쟁과 지역문학'이라는 주제의 학술세미나는 '한국전쟁과 지역문학의 역사적 의의', '한국전쟁의 체험과 증언으로서의 지역문학', '한국전쟁과 지역문학의 구체적 사례'라는 소주제로 발표와 토론이 이루어졌다. 주제 강연이 주로 '평화의 길'을 중심으로 이루어졌다면, 학술세미나는 왜 우리가 평화의 길로 가야 하는지, 평화의 길을 가기 위해서는 우리가 어떻게 해야 하는지 '평화의 당위성'과 '평화를 위한 구체적 방법'에 초점이 맞춰졌다. 학술세미나를 보고 들으며 나름대로 다음과 같이 결론을 내렸다. '평화의 길을 가기 위해서는 과거를 치유해야 한다.' '과거를 치유하는 가장 확실한 방법은 기록이다.' '그 기록의 형태가 바로 지역문학이다.'

지역문학은 중요한 역사적 의의를 지닌다. 충북작가회의에서 펴낸 『충북의 문장』은 지역문학의 기록이다. 한 명의 작가가 아니라 여러 명의 충북 지역 작가들의 글을 모은 책이다. 이 책에 실린 작가들은 생물학적으로 혹은 정서적으로 충북 출신의 작고한 근현대 작가들이다. 목록에는 이상설, 신채호, 홍명희를 비롯해 정지용, 오장환을 거쳐 민병산, 목성균, 권운상에 이른다. 이 책은 이 작가들의 작품집이 아니라 '선집'이다. 선정

기준 또한 절대적으로 객관적이라고 말할 수 없다. 사전적으로 지역문학은 "지역성을 중심으로 삶에 대한 관심을 환기하는 문학이다." 그러니 지역문학에 반대말은 서울문학이나 중앙문학이 아니다. 서울문학도 하나의 다른 지역문학일 뿐이다. 한 지역문학이 있다면 당연히 또 다른 지역문학도 있을 것이다. 올해 『충북의 문장』이 보여준 충북의 지역문학처럼 내년에는 또 다른 지역문학을 기대한다.

'2020 전국문학인 충북대회'도 코로나 때문에 거의 취소될 뻔했다가 거의 기적적으로 나름대로 무사히 성황리에 끝났다. 일종의 후기 형식의 이 글에서는 주로 주제 강연과 학술세미나를 중심으로 이야기를 했다. 끝으로 '문학인의 밤'을 이야기하지 않을 수 없다. 주제 강연과 학술세미나가 그런 것처럼 '문학인의 밤' 역시 유튜브로 관련 영상을 찾아볼 수 있다. 원래 '문학인의 밤' 행사는 괴산 충북자연학습원 야외 강당과 야외 공연장에서 할 예정이었지만 모든 행사가 온라인 방식으로 바뀌면서 '문학인의 밤' 또한 실내에서 진행되었다. 사회자가 강원을 시작으로 각 지부와 지회를 연결해 각각의 소개와 인사말을 들었다.

코로나 사태가 없었다면 서로 한곳에 모여 인사하고 소개했겠지만, 올해는 코로나로 도저히 그럴 수가 없었다. 많은 사람들이 이를 안타까워했다. 아무쪼록 내년에는 코로나 사태가 끝나고 예전처럼 한곳에 모여 서로 마음과 글을 나누며 돈독한 시간을 가졌으면 하는 소박한 바람으로 이 어지러운 글을 갈무리한다.

프로이트로 돌아가자

지그문트 프로이트는 인간의 심리 활동에서 무의식이 차지하는 지배적인 역할을 가시화하면서 "우리의 자아가 우리의 집주인이 아니다"라는 것을 분명히 했다. 슬라보예 지젝은 『How To Read 라캉』(2005)에서 "우리의 정신은 데이터 처리 과정의 연산 기계에 불과하며, 자유와 자율에 대한 감각도 기계 사용자의 환영에 불과하다"라고 말하며 프로이트의 주장에서 한 걸음 더 나아간다. 그는 정신분석은 뇌과학과 비교했을 때 세 가지 상호 연관된 차원에서 시대에 뒤처졌다고 말한다. 첫째, 과학 지식의 차원에서, 인간 정신에 대한 인지심리학자들의 신경 생물학적 모델은 프로이트의 모델을 대체하고 있다. 둘째, 정신의학적 임상 치료의 차원에서, 정신분석적 치료는 약물 치료와 행동 치료에 밀려 자신의 기반을 급격히 상실하고 있다. 셋째, 사회적 환경의 차원에서, 개인의 성 충동을 억압하는 사회적 규범의 이미지는 오늘날 압도적인 쾌락주의적 경향과 비교하여 더 이상 타당성이 없는 것처럼 보인다.

그럼에도 불구하고 지젝은 오늘날이야말로 정신분석학의 시대가 도래했다고 주장하고 이를 증명하려 한다. 그 논의의 출발점은 자크 라캉이다. 지젝이 보기에 라캉의 정신분석학은 순수 프로이트로 되돌아가고자 하는 시도이다. 그는 정신분석학이 프로이트의 근본정신을 살리면서 제대로 발전하려면, 의학의 영역에만 머물 것이 아니라 철학, 언어학, 인류학 등에서 진전된 방법 원리를 채택해야 한다고 주장한다. 그는 소쉬르의 구조주의 언어학을 무의식의 탐구에 적극적으로 활용하면서, 무의식에 지배당하는 인간, 언어구조에 종속되는 주체를 연구의 대상으로 택한다. 라캉은 정신분석학을 프로이트의 다시 읽기 또는 바로 읽기를 통해 프로이트 자신도 자각하지 못한 프로이트적 혁명의 고갱이로의 복귀로 간주했다. 라캉의 프로이트 복귀는 정신분석 체제 전체를 언어학적으로 독해하면서 시작한다. "무의식은 언어처럼 구조화되어 있다"라는 유명한 명제로 압축된다.

라캉의 정신분석 이론이 다른 정신분석 이론과 구별되는 지점은 라캉에게 있어 정신분석학은 근본적으로 심리적 장애를 다루는 이론이나 기법이 아니라 개인들을 인간 존재의 가장 근본적인 영역과 대변시키는 이론이자 실천이라는 점에 있다. 라캉은 프로이트의 탐욕스러운 독자이거나 해석자였다. 그에게 정신분석은 구술, 혹은 기술 텍스트를 독해하는 방법이다. 따라서 라캉을 읽는 가장 좋은 방법은 그의 독법을 실천하여 라캉으로 다른 텍스트를 읽는 것이다.

지젝은 『How To Read 라캉』에서 크게 일곱 개의 챕터, 즉 「알맹이가 없는 텅 빈 제스처」, 「진짜와 가짜」, 「환상의 주문에서 깨어나기」, 「실재의 수수께끼」, 「초자아적 명령 "즐겨라"」, 「신은 죽었다, 하지만 신은 그걸 모른다」, 「진실에 대한 마지막 집착」을 통해 라캉을 경유한 프로이트 읽기를 시도한다. 그는 「알맹이가 없는 텅 빈 제스처」에서는 언표 행위와 언표 내용 사이의 분열이 이데올로기적 발화를 공허하지만 작동하게 만든다고 주장한다. 이성적이고 사회적인 동물인 인간은 언어를 받아들이면서 언어에 의해 식민화된다. 반면 반사회적 이상 성격자의 언어 사용은 언어가 역설적으로 순수한 소통의 도구, 즉 의미를 전달하는 기호라는 표준적인 언어관에 꼭 맞는다. 언어를 사용하지만 언어에 사로잡히지 않는다. 따라서 우리는 소통 행위의 내용 속에 소통 행위 자체를 포함시켜야 한다. 왜냐하면 소통 행위의 의미는 그것이 하나의 소통 행위라는 사실을 반성적으로 주장하는 것이기도 하기 때문이다. 이 점이 무의식의 작동 방식에 대해 잊지 말아야 할 첫 번째 사항이다. 즉, 어쩌면 '기표의 무효화가 완벽하게 언어의 본성'일 수 있다.

「진짜와 가짜」에서는 정동과 향락의 전이가 대중문화 수용 주체를 무책임하게 만든다고 주장한다. 사이버 공간은 수많은 사람들로 하여금 타자가 연출한 스펙터클을 따르기만 하는 수동적 관람자의 역할에서 벗어나 스펙터클에 능동적으로 참여할 뿐 아니라 스펙터클의 규칙을 수립하는 데까지 나아가게 한다. 그는 여기에서 '상호수동성'이라는 개념을 언급하는데 이는 대상 자체가 주체 대신 쇼를 즐기고 자발적인 향락의 의무에서 해방시켜주는 상황이다. 즉 주체는 타자를 통해 수동적이 된다. 우리의 운명이 정해져 있으며 구원은 우리의 노력 또는 행위로 이루어지는 것이 아니라는 프로테스탄트의 예정설은 역설적으로 자본주의를 촉진하고 정당화했다. 그렇다면 인간은 자신의 운명에 대해 수동적인 희생자의 태도를 가질 수밖에 없다.

TV를 보며 즐거워할 때, 곡비를 통해 애도의 작업을 수행할 때 인간은 개인의 감정과 믿음을 발동하는 내적 상태를 떠올리지 않은 채 그 감정과 믿음을 내면화시키는 과업을 수행하게 된다. 즉 가짜 인격을 통해 형성된 감정이 어떤 의미에서는 실제로 내가 느낀 것보다 더 진실할 수 있다. 하이에크는 일반적으로 사람들이 자신의 불평등이 비인격적이고 맹목적인 힘의 결과라고 간주할 때 자신의 불평등을 받아들이기가 쉽다고 지적한다. 결론적으로 어떤 인위적인 장치나 타인에 의해 감정이 충족되어야 할 때, 감정은 자신의 의지와 관계없이 다른 사람들을 따라 움직인다.

타자의 욕망을 상연하는 환상이 이웃에 대한 인간주의적 태도를 괴롭힌다. "인간은 타자로서 욕망한다"라는 말은 무엇보다 인간의 욕망은 탈중심화된 대타자에 의해 상징적 질서가 구조화한다는 것을 의미한다. 내가 욕망하는 것은 대타자에 의해, 즉 내가 거주하고 있는 상징적 공간에 의해 미리 결정되어 있다. 법의 궁극적 기능은 우리로 하여금 이웃을 잊지 않게 하는 것, 이웃과의 친밀감을 유지시키는 것이 아니라 반대로 이웃과의 적절한 거리를 유지하게 만드는 것으로, 법은 이웃의 괴물성에 대한 일종의 방호벽으로 기능한다. 즉 법과 의무에 대한 상징적 질서의 주된 내용은 우리로 하여금 타인들과의 공존을 최소한으로 견딜 수 있게 하는 것이다. 나와 이웃과의 관계가 살벌한 폭력으로 폭발하지 않도록 둘 사이에 제3자가 끼어들어야 하는 것이다. 환상에서 상연되는 욕망은 주체의 것이 아니라 타자의 욕망, 내 주위에서 내가 관계 맺는 사람들의 욕망이라는 점이다. 라캉에 따르면 환상은 "모르는 앎", 즉 "내가 안다는 것을 모르는 것들"로서, 프로이트가 말한 무의식에 다름 아니다.

프로이트의 관점에서 강간이 그토록 외상적인 충격을 주는 것은 단지 그것이 난폭한 외부적 폭력이어서가 아니라 희생자 안에서 부인된 어떤 것을 건드리기 때문이다. 따라서 프로이트가 "주체가 자신의 환상 속에서 강렬하게 갈망한 것이 현실에서 실현된다면 그들은 그럼에도 불구하고 그 현실로부터 도망친다"라고 말할 때 그의 요점은 단순히 검열 때문이 아니라 우리 환상의 중핵을 우리 자신이 감당할 수 없기 때문이라는 것이다. 현대 예술은 자주 관객 혹은 독자에게 허구의 지각 현실을 일깨우는, 혹은 관객을 달콤한 꿈에서 깨어나게 하는 '실재로의 회귀'를 위해 난폭한 시도를 하기 때문에 때로는 불편하게 받아들여진다. 라캉에게 궁극적인 윤리적 과제는 진정한 깨어남이다. 이것은 단지 수면으로부터의 각성이 아니라 깨어 있을 때보다 훨씬 더 우리를 지배하는 환상의 주문에서 깨어나는 것이다.

'주이상스(jouissance)'는 영어로 보통 '향락(enjoyment)'으로 번역되지만 라캉 번역자들은 영어 번역어 대신에 원어를 그대로 사용한다. 왜냐하면 주이상스는 단순한 쾌락이 아니라 쾌락보다 더한 고통을 불러일으키는 폭력적인 침입을 의미하기 때문이다. 다르게 말하면 주이상스는 자아 이상과 초자아 사이의 모순적 공모에 의해 향락이 명령되는 후기자본주의의 쾌락주의를 가리킨다.

프로이트는 이상적 자아, 자아 이상, 초자아를 구분하지 않았지만 라캉은 다음과 같이 구분했다. 이상적 자아는 주체의 이상화된 자기 이미지로서, 타인이 그렇게 봐주기를 원하는 모습이다. 라캉의 용어로는 상상계다. 자아 이상은 내가 내 자아 이미지 속에 새겨 넣고자 하는 응시의 작인으로 나를 감시하고 나로 하여금 최선을 다하도록 촉구하는 대타자이자 내가 따르고 실현하고자 하는 이상으로서 상징계다. 마지막으로 초자아는 그와 같은 작인의 가혹하고 잔인하며 징벌하는 측면으로서 실재계다.

초자아는 "그 요구가 엄하면 엄할수록 도덕의식과는 아무런 상관이 없다." 오히려 초자아는 반윤리적인 작인, 우리의 윤리적 배신의 상흔이다. 라캉은 나쁜 초자아에 대해 좋은 자아 이상을 설정하고, 나쁜 초자아를 제거하고 좋은 자아 이상을 따르는 것을 해결책으로 제시하지 않는다. 자아 이상과 욕망의 법과의 충돌, 초자아는 욕망의 법을 배반한 것에 대해 압박감을 가한다. 초자아의 압박 아래 우리가 느끼는 죄책감은 환영적인 것이 아니라 현실적인 것이다.

잘 알려진 농담 하나를 소개한다. 자신을 곡식 알갱이로 믿은 남자가 의사의 노력으로 자신을 인간으로 믿게 되었다. 그러나 그는 문밖을 나서며 두려워했다. 왜냐하면 닭은 자신을 곡식 알갱이로 생각할 수 있기 때문이다. 즉 환자가 자기 증상의 무의식적 진실을 명확히 아는 것만으로는 충분치 않고 무의식이 진실을 받아들여야 한다. 비슷한 맥락에서 말하자면 신은 죽었다. 하지만 신은 그걸 모른다. 죽어서 더 강력해진 신의 권력 때문에 무신론 속에서 금지가 일반화된다.

고트프리트 빌헬름 라이프니츠는 세계를 '모나드'로 구성된 것으로 보았다. 모나드란 외부 환경으로 열린 창문이 없이 각기 자기 폐쇄적인 내적 공간에서 살고 있는 현미경적 실체들이다. 오늘날의 사이버 공간에의 몰입은 직접 외부 현실로 개방된 창문 없이 그 자체로 전체 세계를 반영하는 라이프니츠의 모나드로의 귀속과 조응된다.

'성가심(harrassment)'은 지극히 모호한 방식으로 이데올로기적 신비화를 일으키고 있다. 오늘날 타인에 대한 자유주의적 관용의 태도를 규정하는 방식은 크게 두 가지다. 하나는 다름에 대한 존중과 개방성이고, 나머지 하나는 성가심에 대한 강박적 두려움이다. 오늘날 보수주의 문화비평가들은 관용적인 시대에 확고한 제한과 금지가 결여되어 있다는 사실을 표준적인 주제로 파악하고 있다.

진실에 대한 무조건적 집착, 즉 환상의 전도된 효과인 도착증은 전체주의와 근본주의에 나타난다. 인류를 사랑한다면서 숙청과 처형을 일상화한 스탈린 시대 정치인, 고문 경찰, 아돌프 아이히만 등은 인간성의 진보를 위해 자기에게 부여된 의무를 수행했다고 자신을 정당화했다. 이것은 대타자의 의지의 도구에 자신을 위치시킨 도착증자의 태도이다. 이들의 문제점은 '거짓 자체의 진실', 즉 거짓을 행하는 행동 바로 그 안에서, 그것을 통해 전달되는 진실을 간과하고 있다는 점이다. 역설적으로 도착증자의 오류는 진실에 대한 무조건적 집착, 거짓 안에서 울려 나오는 진실에 귀 기울이기를 거부하는 데 있다.

합법적 행위 속의 사악한 의도와 사악한 행위 속의 합법적인 의도는 상충하는 것처럼 보이지만 일맥상통한다. 지젝에 따르면 이데올로기는 현실과 대립하는 것이 아니라 내재적 실재와 대립한다. 이데올로기는 현실을 구조화하는 무의식적 환상이다. 라캉의 무의식은 언어처럼 구조화되어 있다는 명제처럼 이데올로기 또한 언어적으로 구조화되어 있다. 문제는 그 이데올로기적 환상을 가로지르는 실재적 행위의 가능성이다. 지젝의 논의에 따르면, 모든 환상은 사회적 현실에 내재하는 환상이며 환상을 가로질러 만나야 하는 것은 사회적 욕망의 실재이다.

관념과 물질, 상부구조와 하부구조, 의식과 존재 사이에 건널 수 없는 도랑을 파놓고 어느 것이 우선적인가 따지는 구도로는 자본주의에 대한 유물론적 비판을 감행할 수 없다. 관념과 물질의 대립을 넘어 그 자체 물질적 생산의 동력이면서도 자신의 표현 형식을 지니며 객관적으로 운동하면서도 주체적 행동의 원천이 되며, 혁명적 본성을 가지면서도 억압의 원천이 되는 일관된 요소를 유물론적 비판의 무기로 삼아야 한다. 결론적으로 말해 지금은 카를 마르크스보다는 프로이트로의 복귀가 필요할 때다. 라캉의 정신분석학의 본령은 바로 이 지점에 있다. 지젝 또한 라캉의 올바른 읽기는 '프로이트로의 회귀'라고 말하고 있다.

권력에 왜 어떻게 저항해야 하는가

한때 포스트구조주의, 포스트식민주의, 포스트모더니즘 등 '포스트 담론'이 유행했던 적이 있다. 어쩌면 그 유행은 지금까지 이어지고 있는지 모른다. 포스트 담론은 구조주의와 포스트구조주의 혹은 이 조류의 영향을 받아 등장한 각종 담론을 총칭한다. 포스트식민주의와 포스트모더니즘도 넓게 보면 포스트구조주의의 일환이라고 말할 수 있다. 1980년대 말 1990년대 초동유럽 사회주의가 무너지면서 포스트 담론은 추상적인 이론적 유희에 머무를 뿐 실천적 무능함을 조장했다는 이유로 퇴조했다. 하지만 최근 들어 포스트 담론의 공과를 재평가하자는 움직임이 일어나고 있다.

미셸 푸코는 『감시와 처벌』(1975)에서 권력 이론을 다루며 우리를 주체로 생산하고 일상적 실천 속에서 주체를 계속 재생산하는 미시 권력의 메커니즘을 정밀하게 기술했다. 푸코의 이런 기술에 의해 우리는 근대 국가에서의 경찰기구나 군대처럼 위로부터 억압하는 권력뿐만 아니라 우리를 주체로 형성하는 미시적 권력, 즉 규율 권력의 메커니즘이 사회의 도처에서 그물망처럼 전개되고 있음을 직시한다. 그렇지만 동시에 우리는 이런 식으로 우리를 주체로 생산하고 재생산하는 권력에 대해 어떤 식으로 저항할 수 있는지 의문을 품게 된다. 사토 요시유키는 『권력과 저항』(2007)은 '권력에 왜 어떻게 저항해야 하는가'라는 질문을 던진다.

『권력과 저항』은 한 마디로 주체에 관한 '구조주의적' 사유에 관한 일종의 재해석이다. 구조주의적 사유란 주체가 주체의 외적인 요소들에 의해 형성된다고 주장함으로써, 주체 형성의 문제들을 특권화한다는 개념이다. 이에 따르면 복종화된 주체는 주체에 내면화된 권력에 의존한다. 따라서 주체가 어떤 대상에 의해, 즉 스스로 내면화되면서도 스스로 통제할 수 없는 어떤 것에 의해 규정된다. 이러한 구조주의적 권력 이론에 대한 반작용이 바로 포스트구조주의 권력 이론이다.

포스트구조주의 권력 이론의 핵심은 '기존 권력에 대한 저항'이다. 권력 장치들은 복종화된 주체를 생산하고 재생산할 뿐만 아니라, 구조, 사회구성체도 생산하고 재생산함으로써 권력에 대한 저항을 원천적으로 차단하고 권력 구조를 고착화한다. 따라서 포스트구조주의 권력 이론에서 저항은 불가피하다. 저항이란 주체의 복종화된 양상의 변형을 의미한다. 하지만 권력에 대한 저항의 방식에 있어서 미셸 푸코, 질 들뢰즈, 자크 데리다,

루이 알튀세르는 각기 다른 해결책을 제시한다.

푸코에게 저항은 권력의 투여에 의해 복종화된 주체들이 "자기 자신을 변형하고 자신들의 특이한 존재 속에서 자신을 변형시키는 것"과 관련된다. 반면 들뢰즈와 펠릭스 가타리에게 저항은 오이디푸스화된 주체, 즉 장소론적 주체를 그 비인칭적 역량과 다수의 특이성에 의해 끊임없이 변형하는 경제론적 주체로 변형시키는 것이다. 다시 말하면 저항이 푸코에게서 '자기로의 생성변화'라고 한다면, 들뢰즈와 가타리에게서는 '타자로의 생성변화'라고 명명할 수 있다. 그러나 양자가 완전히 대별되는 것만은 아니다. 왜냐하면 푸코, 그리고 들뢰즈와 가타리에게 저항이란 공통적으로 주체의 양상, 사유와 삶의 양식의 변용을 의미하기 때문이다.

알튀세르에게 구조의 생성변화는 정치적 심급과 경제적 심급 사이의 갈등적 관계에서 사유된다. 즉 구조의 생성변화가 일어나기 위해서는 경제적 모순과 정치적 모순이 역할을 바꾸고(전위), 그 역할이 전위된 모순들이 융합해야만 한다(압축). 그에게 있어 구조의 생성변화의 가능성은 자본주의적 착취의 현재 국면, 즉 현재의 정치적 상황 속에서만 존재한다. 그의 저항 전략은 개인의 행동보다는 사회 구조의 변화에 방점이 찍힌다. 반면 데리다는 증여, 용서, 환대 같은 무저항의 저항을 자신의 정치적 전략으로 내세운다. 그의 저항은 도래할 시간의 약속, 현재의 순간에 초월론적인 방식으로 저항의 실천을 명령하는 유령성

등의 초월론적인 형상들에 의거한다. 그에게 이 초월론적인 시간성은 엄격히 말해 현재에 기입된 알튀세르적 사건 개념(우발성의 필연성)과의 차이를 구성한다.

알튀세르와 데리다에서 볼 수 있는 이 사회적 재생산에 대한 저항을 '운명론적인 것에 대한 저항'이라고 부를 수 있다. 새로운 사회구조가 발생하면 운명론적으로 "정확히 무의식처럼 무시간적으로" 자신을 재생산한다. 이런 운명적인 것에 대한 저항의 사상은 주체 양태의 변용에 관한 이론으로서, 푸코, 들뢰즈, 그리고 가타리도 공유하고 있다. 자기로의 생성변화와 타자로의 생성변화 모두 권력 장치가 무시간적으로 재생산하는 복종화된 주체 양태에 대한 저항이기 때문이다. 이런 저항 전략은 '특이성' 또는 '비인칭적인 복수의 특이성' 개념을 도입함으로써 가능해진다. 이 두 개념은 주체와 타자의 결여를 둘러싸고 전개된 라캉의 변증법에 저항한다.

구조의 반복적 재생산과 중심을 벗어난 주체의 형성에 관한 이론으로서의 구조주의에 맞선 포스트구조주의라는 것이 존재한다면, 그것은 운명론적으로 결정된 구조와 주체 양태의 변형에 관한 이론일 수밖에 없다. 그리고 구체적으로 저항의 방식을 선택한다. 이 운명적 결정에 직면해 푸코, 들뢰즈, 가타리는 내재성의 구축을 통해 주체의 복종화된 양태를, 데리다와 알튀세르는 사건이라는 물질성의 침입을 통해 사회구성체의 고정화된 구조를 변용시키고자 한다.

『권력과 저항』은 사토 요시유키의 「구조주의와 저항의 문제」라는 박사학위논문을 토대로 하고 있다. 논문의 심사위원이기도 한 에티엔 발리바르에 따르면 사토 요시유키가 구축한 도식은 그 자체로 주목해야 할 구조적 특성이 있다. 그것은 대답을 요약하고 분류하는데 만족하기는커녕 물음들을 유발한다. 그는 푸코-알튀세르('권력'의 철학자와 '갈등'의 철학자)를 짝짓고, 그 맞은편에 데리다-들뢰즈('차이'의 철학)라는 짝을 놓아두는 동시대 비판담론들의 주장을 수용한다. 하지만 그는 거기에 머물지 않고 한발 더 나아가 횡단적인 짝짓기를 시도한다. 즉 그는 푸코-들뢰즈, 알튀세르-데리다라는 짝짓기를 시도한다. 사실 그는 이 짝짓기를 선호한다. 그렇기 때문에 이 책의 부제도 '푸코, 들뢰즈, 데리다, 알튀세르'다.

특히 이 대각선에 의해 라캉 담론의 특이한 위치가 돌출된다. 라캉 담론의 특이한 위치는 구조주의의 '타자'라는 위치다. 사토 요시유키는 이 테제가 두 개의 서로 다른 수준에서 분절될 수 있음을 고려하고 있다. 즉 역사적·심리적·정치적 비관주의의 수준이 한편에 있다면, 알튀세르가 말했듯이 '운명의 철학'이라는 초월론적인 수준이 다른 한편에 있다. 후자의 수준에서 '중심의 탈중심화'는 타자의 지배에서 주체를 구해 내는 것의 불가능성을 영원히 표시한다. 이 증명은 지그문트 프로이트의 텍스트에 대한 데리다와 라캉의 정반대되는 관계에 관한 놀라운 독해로 통한다. 이 독해는 구조에의 복종화와 권력에의 복종화 사이에 맺어진 관계, 또는 양자의 동일화를 해명할 기회를 담고 있다.

『권력과 저항』은 포스트 담론에 대한 성찰의 최정점을 보여 주는 역작이다. 저자는 푸코, 들뢰즈, 데리다, 알튀세르 권력 이론을 차례로 살피고, 권력에 의해 생산된 주체가 권력에 어떻게 저항할 수 있는지 그 전략을 이론적으로 분석한다. 그는 포스트 구조주의, 더 나아가 포스트 담론의 혁명적 성과를 설득력 있게 제시한다. 푸코, 들뢰즈, 데리다, 알튀세르는 자본주의와 권력만 비판했을 뿐 그것을 어떻게 극복할 수 있는지 사유를 불가능하게 했다는 기존의 통상적 비판을 일축한다. 궁극적으로 푸코, 들뢰즈, 데리다, 알튀세르가 '권력의 이론가'가 아니라 '저항의 이론가'였음을 입증한다.

1980년대에 사람들은 잘못된 세상을 바꾸자며 '혁명'을 얘기했다. 그러나 강고한 현실의 벽에 부딪힌 1990년대에 사람들은 이대로 순응할 수는 없다며 '저항'을 얘기했다. 자본주의의 종말 보다는 세상의 종말을 상상하는 게 더 쉽다는 오늘날, 사람들은 이제 더 이상 저항조차 언급하지 않는다. '헬 조선'이라는 단어의 유행에서 보듯이 기존의 현실을 바꾸려 했던 많은 사람들은 '체념'의 단계로 넘어갔다. 하지만 그럴수록 혁명을 이야기하고 저항을 이야기해야 한다. 그런 점에서 푸코, 들뢰즈, 데리다, 알튀세르의 권력과 저항은 기존의 질서 구조와 주체 형태가 일종의 운명처럼 우리를 짓누르고 있는 것이 아니라 충분히 극복될 수 있는 대상이라고 희망적으로 역설한다.

어떻게 읽어야 하는가

　최근 몇 년 동안 중고등학교 학생들을 대상으로 '왜 고전을 읽어야 하는가?'라는 주제로 강의를 하면서 매번 이렇게 말했다. "작가가 되기 위해서는 많이 읽고, 많이 생각하고, 많이 쓰고, 더 나아가 많이 말해야 한다. 글쓰기를 업으로 삼는 전문 작가뿐만 아니라 일반 작가의 경우도 마찬가지다. 문학적인 글쓰기는 재능이 필요하지만 실용적인 글쓰기는 재능보다도 노력이 요구된다. 작가는 '영감(inspiration)'이 와서 글을 쓰는 게 아니라 글을 쓰면서 영감이 오기를 기다린다. 글쓰기는 존재의 심층을 드러내는 일이다. 글쓰기의 과정은 곧 고치는 과정이다. 책 읽고 책 쓰는 뇌로 바꿔야 한다." 돌이켜 생각해 보니 잘 알지도 못하면서 이런 말들을 지껄인 나 자신이 너무나 창피하고 부끄럽다.

　강의는 한 방향으로 이루어졌다. 거의 자문자답 형식이었다.

'무엇을 읽어야 하는가?'라는 질문에는 '인문고전을 읽어야 한다'고 답했고, '왜 읽어야 하는가?'라는 질문에는 '인성 함양과 역량 증진을 위해 필요하다'고 답했다. 그런데 시간이 지나고 나서 생각해 보니 강의에서 '무엇'과 '왜'에 대해서는 제법 이야기를 한 것 같은데 '어떻게'에 대해서는 그만큼 이야기하지 않은 것 같다. 그냥 추상적으로 '통독하라, 정독하라, 필사하라'고 말했다. 그런데 책을 읽어야 하고, 왜 읽어야 하는지에 대해서는 누구나 알고 있기에 이 말은 어쩌면 하나 마나 한 말에 불과하다.

그런 점에서 에리히 아우어바흐의 『미메시스』(1946)는 책을 어떻게 읽어야 하는가에 대한 모범적인 답을 제공해 준다. 이 책은 정독, 즉 꼼꼼히 읽기의 정수를 잘 보여준다. 저자 아우어바흐는 무심코 그리고 관습적으로 지나쳤던 대수롭지 않은 문장이나 어절, 단어의 배치나 묘사의 정도에 따라 변하는 풍속과 사상, 사회의식을 '문체(style)'를 통해 읽어낸다. 저자는 치밀한 독서 또는 꼼꼼히 읽기가 어떻게 한 시대의 역사와 정신의 습관을 추적 가능하게 하는지를 입증한다.

유대계 독일인 아우어바흐는 나치의 박해를 피해 터키로 망명했고 터키 국립대학에서 십년 넘게 학생들을 가르쳤다. 그가 『미메시스』를 쓰기 시작한 것은 바로 이 시기였다. 도서와 자료의 부족이 오히려 이 대작을 가능케 했다. 이스탄불에는 서구문학에 대한 참고 도서가 부족했기 때문에 그는 원전을 치밀하고 반복적으로 읽을 수밖에 없었고, 그 결과 자질구레한 실증적 자료에 구애받지 않고 기념비적인 통찰의 책인 『미메시스』를 내놓게 되었다.

원전의 세밀한 분석을 바탕으로 한 『미메시스』는 총 스물세 개의 장으로 구성되었고 오디세우스와 성서의 대조적 고찰에서 시작하여 버지니아 울프의 소설론에 이르기까지 거의 3,000여년의 세월을 다루고 있다. 그리스어, 라틴어, 불어, 이탈리아어, 독일어, 스페인어, 영어 등 총 7개 국어의 원문을 다루었으며, 서사시, 역사, 로맨스, 희곡, 자서전, 에세이, 소설 등 글쓰기의 거의 모든 장르와 분야를 망라하고 있다. 다시 말하지만 이 책이 저자의 열악한 연구 환경 때문에, 혹은 참고도서의 부족 때문에 주로 작품의 원전에만 매달린 독서의 방법이 이루어낸 성과라는 점은 매우 아이러니하다. 『미메시스』는 원전 이외의 다른 참고도서나 텍스트가 얼마나 많은 도움이 될 수 있을 것인가에 대한 의문을 제기하면서, 하나의 텍스트가 어떻게 여러 겹의 서로 다른 사회적·시대적 콘텍스트를 담을 수 있는가를 잘 보여준다.

『미메시스』를 관통하는 주제는 한마디로 말해 서구문학에서 '스타일의 역사'다. 고대, 중세, 근대를 거쳐서 현대의 작품들에 이르기까지 저자는 문체상의 고찰과 함께 심미적인 전통의 변화를 짚어낸다. 먼저 고대를 다룬 제1장은 호메로스의 『오디세이』와 구약성서의 「창세기」 편의 문체적인 차이를 비교한다.

그것은 현실을 묘사함으로써 눈에 보이는 것처럼 명확하고 밝게 조명하며 재현하려는 그리스 서사시의 문체와 이야기를 서술함으로써 의미의 해석과 믿음을 요구하는 성서적 문체의 차이라고 할 수 있다. 그 후 로마 시대를 거치면서 중세까지 서구 문학에는 스타일의 분리와 혼합의 두 전통이 확립되는데, 그것은 다루는 주제와 소재에 따라서 작품의 문체가 분리되고 제한되는지 그렇지 않은지의 문제이다.

중세를 아우르는 제8장에서는 단테 알리기에리의 『신곡』을 다루고 있다. 저자 아우어바흐에 따르면 『신곡』을 통해 비로소 비극과 희극의 언어는 기독교적인 세계관 속에서 하나로 섞이며 스타일의 혼합이 완성된다. 그러나 르네상스 시대 이후, 인문주의는 신의 세계로부터 인간의 세계를 전면으로 내세우며 스타일의 역사에 있어서도 새로운 변화를 가져온다. 저자는 이러한 맥락에서 셰익스피어부터 프랑스 고전주의 작품들에 차례로 제자리를 찾아준다.

신대륙의 발견 이후 더욱 넓어진 세계의 지평 속에서 인간은 다양한 세계를 바라보는 새로운 방법을 탐구하고, 심미적으로 세련되면서 스타일을 분리하고 제한한다. 그리고 계몽주의 시대를 거치면서 문학 작품들은 현실에 대한 감상적이고 피상적인 이해에 머무르지 않고 개인을 넘어서는 역사의식을 통해서 점차 현실을 담아내기 시작한다.

그리고 마침내 이러한 흐름은 19세기 초 프랑스의 스탕달,

오노레 드 발자크, 귀스타브 플로베르를 거치면서 문체상 스타일의 분리를 극복한 리얼리즘 문학에까지 이르게 된다. 저자 아우어바흐에 따르면, 스탕달과 발자크의 리얼리즘은 환경, 역사 속에 위치한 일상의 인간을 문학의 소재로 삼았다는 데 특징이 있다. 발자크는 생활의 이면에는 비이성적 세력, 마력이 존재한다고 보아서 인간과 대결 구도를 채택했고, 이 때문에 그의 리얼리즘은 여전히 낭만주의적 요소를 안고 있다. 한편 플로베르는 생활의 이면에 포착되지 않는 그 무언가를 드러내기 위해 인물의 행동을 객관적 언어로 제시했다는 점에 있어 진일보했다. 저자는 마지막으로 다른 문화권의 작품들과 함께 현대소설의 일부를 개괄하면서 서구문학에서 스타일의 분리에서 혼합에 이르는 현실묘사의 역사를 종합한다.

『미메시스』는 '서구문학에 나타난 현실묘사'를 부제로 달고 있다. 그것은 일종의 리얼리즘의 역사라 할 수 있는데, 그것을 규명하는 방법이 주로 '문체'의 형식과 개념을 차용하고 있다는 점에서 지극히 인문학적이다. 문학이 현실을 반영한다는 관점은 온당하면서도 동시에 많은 논점을 안고 있는 명제다. 문제는 그것이 어떻게 현실을 반영하며 그것을 어떻게 읽어 내는가, 하는 문제일 것이다. 그 구체적인 독서의 사례를 이만큼 선명히 그리고 감동적으로 보여준 책은 일찍이 없었다. 저자 아우어바흐는 한 작가, 한 작품, 한 구절까지도 얼마나 많은 개인적·문화적·사회적 요인이 개입되어 있는가를 텍스트의 언어적 문맥과 사회적 상상력을 절묘하게 결합하여 보여준다.

'역사와 사회와 미적인 가치, 콘텍스트와 텍스트를 성공적으로 융합시킨 기념비적인 저작'으로 평가받고 있는『미메시스』는 한마디로 문학과 사회와의 깊이에 대한 섬세한 통찰을 담고 있다.『미메시스』는 어떤 형태로든 문학이 현실을 반영한다는 사실에 대한 소중한 사례를 보여줄 뿐 아니라 그 반영과 굴절의 정도를 측정하는 기술을 우리에게 가르쳐 준다. 인문학을 하는 모든 이들이 반드시 읽어야 할, 텍스트에 접근하는 태도에 깊은 통찰과 반성을 제시해 주는 책이다.

사실『미메시스』에서 전반적으로 다루는 문체의 격조라든가 현실 자체에 대한 기준은 때때로 다소 불분명한 점이 없지 않다. 그렇기 때문에 실증적이라기보다 인상주의적인 한계를 가진다고 비판을 받는다. 그럼에도 불구하고 이 책은 하나의 기준에 따라서 개괄하고 통찰하는 문학사로서, 한 개인의 독서가 서구문화 전체의 도서관으로 확장될 수 있는가를 보여주는 하나의 모범적인 예로 작용한다. 서두에서 말했듯이 이 책은 '무엇을 읽어야 하는가', 또는 '왜 읽어야 하는가?'라는 질문보다는 '어떻게 읽어야 하는가?'에 대한 방법론을 제시한다.

궁극적으로는 우리가 책을 읽는 이유는 근본적인 변화를 얻기 위해서다. 다르게 말하면 독서에서 가장 중요한 것은 '깨달음'이다. 깨달음을 통해 '나에서 너로, 그리고 우리'로 향한다. 즉 개인적인 취미로서의 독서에서 타인과 소통할 수 있는 기회로 확장된다. 그러기 위해서는 통독이 필요하고, 정독이 필요하고, 때로는 필사가 필요하다. 자신만의 생각을 갖고 그 생각을 다른 사람과 견주고 함께 나누는 게 책읽기의 그다음 단계이고, 책 읽기를 한 후 흩어진 생각을 그러모아 체계화하는 글쓰기가 책읽기의 마지막 단계, 즉 완결된 독서다. 완결된 독서를 위해서라도 '어떻게 책을 읽어야 하는가'라는 질문은 더없이 중요하다.

불가능의 가능성을 꿈꾸며

『불가능한 것의 가능성』(2012)이라는 슬라보예 지젝과의 인터뷰집의 책날개에 적힌 작가 설명에 따르면, 지젝은 자크 라캉, 카를 마르크스, 게오르크 빌헬름, 프리드리히 헤겔을 접목한 철학으로 '동유럽의 기적'으로 불리는 세계적인 석학이다. 독특한 영화 해석과 문화 비평을 내놓는 철학자로 유명하며, 미학, 정치 이론 등 다양한 지식을 철학에 자유자재로 접목하는 독특한 사유를 통해 대중문화로 철학을 더럽히는 'MTV 철학자'로 폄하되기도 한다. 전체주의와 인종주의에 반대하는 운동가로 활동하기도 했으며, 현실정치에도 적극적인 관심을 보여 슬로베니아 대통령 선거에도 출마했다. 아무튼 그는 동시대에 일어나는 전 세계의 다양한 현상을 새롭고 폭넓은 시각으로 해석하고, 그에 대해 가장 명쾌하고 분명한 자신의 목소리를 내는 실천적 지식인이다.

지젝은 실천적 지식인답게 현 상황을 예리하게 통찰하고 분석한다. 과거를 교훈 삼아 미래에 대한 대안을 제시한다. 『천하대혼돈』(2020)은 원저 없이 우리나라에서 처음 출간되는 그의 신작으로서 오늘 인류가 마주한 전 지구적인 혼란의 양상을 풀어낸 칼럼집이다. 서로 다른 주제로 쓰인 짧은 글들이지만, 조각을 맞추어 퍼즐을 완성하듯 세계의 여러 양상을 연결해 위기의 전체상을 그려낸다. 각각의 글은 지젝 특유의 재치 있는 입담과 날 선 통찰을 품고 있으며, 마치 창문을 깨고 날아드는 벽돌처럼 우리를 깨우고 당장의 변화를 촉구한다. 이 책에서 그가 다루는 주제는 현대정치와 문화 현상 가운데 논란이 되는 이민, 반유대주의, 미국과 유럽의 정치 현안, 중국 문제, 기후 위기, 사회주의 등 지구촌 이슈를 총망라한다.

지젝은 문화평론가이자 영문학자인 이택광과의 대담집 『포스트 코로나 뉴노멀』(2020)에서 '코로나 이후(After Corona)' 시대의 현실을 냉철하게 분석하고 대안을 제시한다. 그에 따르면 우리는 상황을 냉철하게 바라보아야 하고 권력을 쥐고 있는 사람들이 우리에게 하는 이야기를 그대로 받아들여서는 안 된다. 전 지구상에서 절반도 안 되는 사람만이 코로나19로부터 안전을 보장받을 수 있는 상황이고 나머지 사람은 불안을 감수해야만 한다. 그렇다고 그가 현재의 상황을 비관하거나 포기하는 것은 아니다. 그는 현 상황을 냉철하게 분석하며 미래의 대안을 제시한다. 그의 말을 직접 옮기면 이렇다. "과거는 이미 지나가

버린 상황이에요. 이제 우리는 앞으로의 세계에 맞서야 해요. 코로나19 바이러스는 우리 인류가 그동안 만들어온 시스템의 한계를 드러내고 있어요. 그러니까 지금부터 우리가 싸워야 할 대상은 바이러스가 아니라 사회적인 시스템인 겁니다."

코로나와 같은 전 지구적인 문제에 대한 근본적인 해결책은 봉쇄와 단절이 아니라 협력과 공조다. 지젝은 코로나는 인류의 생존을 위협하는 위기임이 틀림없지만, 어떻게 대응하느냐에 따라 그동안 인류가 범한 숱한 과오를 바로잡고 더 나은 길을 모색할 수 있는 절호의 기회가 될 수 있다고 말한다. 다시 말하지만 그는 현재의 재난 상황을 예리하게 분석하고 그에 대한 대안을 제시한다. 그는 미래를 낙관하지도 비관하지도 않는다. 우리가 어떻게 대처하고 준비하느냐에 따라 미래가 달라진다고 말한다.

지젝과 관련된 책은 이루 헤아리기 어려울 정도로 많다. 단독 저서, 공저서, 그리고 편저서에 이르기까지 다종다양하다. 대부분 국내에 번역 소개되었다. 거기에 국내에서 출판된 지젝 철학 입문서와 해설서까지 포함한다면 지젝 관련 서적은 차고 넘친다. 하지만 안타깝게도 그 많고 많은 지젝 관련 서적들이 그의 철학과 사상을 이해하는 길잡이 역할을 제대로 하고 있다고 말하기 어렵다. 조금 시간을 들이면 유용한 지젝 철학 입문서를 찾을 수도 있다. 하지만 그 입문서 또한 전문가들이 지젝의 주저에서 임의로 발췌 요약한 것이기 때문에 그의 철학과 사상을 이해하는 데 방해가 될 수 있다. 오히려 십 년 전쯤 출판된『불가능한 것의 가능성』이라는 지젝과의 인터뷰집이 그의 철학과 사상을 이해하는 데 더 도움이 될 수 있다. 그는 이 책에서 앞에서 언급한『천하대혼돈』에서 그랬던 것처럼 다양한 주제에 대해 자기 생각을 솔직하게 풀어 놓는다. 그리고 이 책에 담긴 그의 목소리는 지금도 유효하다.

　주지하듯, 지젝은 자본주의에 대해 회의적이다. 그렇다고 해서 그가 이념상 반대편에 서 있는 사회주의를 옹호하는 것도 아니다. 그는 자본주의뿐만 아니라 장밋빛 미래를 낙관하는 과학과 기술에 대해서도 회의적이다. 오히려 그는 제도보다도 인간을 더 신뢰한다. 특히 인간의 실천적 의지를 신뢰한다. 그의 사상을 조금 더 넓힌다면 코로나바이러스를 극복하는 것은 과학과 기술이 아니라 인간의 실천적 의지다. 바로 그 실천적 의지가 기존의 사회적인 시스템을 무너뜨리고 새로운 사회적 시스템을 구축할 수 있다. 지젝은 우리가 자명하다고 믿는 세계에 대해 끊임없이 질문하고 그 질문을 통해 의미 있는 파열음을 남긴다. 다시 말하면 그는 계몽의 방식이 아니라 일반 대중들이 완벽하다고 믿는 제도나 시스템에 균열을 내어 우리들 스스로 모순과 해결책을 찾도록 유인한다.

　지젝은 세계적 자본주의의 영향 속에서 공적 영역이 축소되고 사적 영역이 확장되는 징후를 확인시켜준다. 그는 '포함된 자'와 '배제된 자'로 나누는 인위적 장벽의 철폐를 요구하고, 분할이 아니라 '함께하기'를 자신의 철학적 화두로 제시하고 불가능한 것의 장벽을 허무는 이론과 철학의 정립을 최우선 과제로 삼는다. 그가 생각하기에 양극단 사이의 잠정적인 조화는 궁극적인 해결책이 될 수 없다. 기준 자체를 바꾸는 것만이 궁극적인 문제의 해결책이다. 그런 점에서 그는 공자를 비판한다. 공자는 위기를 원래의 조화 상태가 깨질 때, 즉 모든 것이 정명(定名)을 벗어날 때 생기는 것으로 파악했다. 그렇기 때문에 공자의 사상의 핵심은 조화의 복원이다. 반면 지젝은 조화의 복원보다는 혁명의 필요성을 강조한다. 그럼에도 그는 정치적 의사 결정 과정에서의 실천적 지혜가 필요하다고 주장한다.

지젝은 이집트와 사우디아라비아의 정치 체제를 비교하며 혁명의 필요성을 이야기한다. 이집트는 임기가 있는 대통령제이기에 부패가 가시적이다. 하지만 왕정의 정체를 가진 사우디아라비아는 시스템 자체가 부패했기 때문에 부패가 실존하지 않는 것처럼 보인다. 사우디아라비아의 경우 왕이 그 나라의 모든 것을 갖고 있기 때문에 왕이 부정을 저지를 필요가 없다. 그렇다고 해서 부패가 없는 게 아니다. 지젝이 생각하기에는 이집트와 사우디아라비아 모두 혁명이 필요하다.

지젝은 세속적 좌파가 혁명을 완수할 수 있다고 생각하고 새로운 세속적 좌파의 도래를 기원한다. 포스트모더니즘이란 심지어 작은 국가의 국민들도 기회를 가질 수 있는 시스템으로 파악하며 싱가포르를 그 예로 든다. 그의 생각에는 무엇보다도 모든 사람에게 기회가 공평하고 공정하게 제공되는 것이 중요하다. 그게 바로 진정한 세계화다. 진정한 세계화는 곧 전 지구적 영토의 탄생이다.

지젝이 생각하기에 진정한 사유란 문제를 해결하는 것이 아니라 문제 자체에 대해 질문을 던질 수 있는 능력, 즉 '회의적 능력'을 가리킨다. 현대 사회에서는 문제를 해결할 수 있는 전문가가 필요한 것이 아니라 각각의 영역에서 문제를 근본적으로 사유할 수 있는 사람, 즉 비범한 일반인이 필요하다. 국가가 해야 할 일은 바로 그런 사람을 길러내는 것이다.

또한 국가는 사회적 약자, '배제된 자' '호모 사케르'를 보호해야 한다. 호모 사케르는 어원상 로마 시대에 대중에 의해 범죄자로 규정된 사람을 지칭한다. 아감벤에 따르면 호모 사케르는 희생물로 바치는 것은 허용되지 않지만 죽이더라도 살인죄로 처벌받지 않는 '법 바깥의 영역으로 추방된 존재'로서 '벌거벗은 생명'으로 규정된다. 호모 사케르는 지식과 페미니즘과도 일맥상통한다. 원래 지식은 더 많이 퍼져 나가고 사용될수록 그 효용 가치는 더욱 커진다. 하지만 역설적으로 지식 재산권은 지식의 전파를 방해해 통제하고 억압한다. 페미니즘은 원래 여성을 자유화하려는 의도에서 시작된 것이 아니라 여성들이 집 안을 청소하고 남편을 뒷바라지하는 등 자신의 위치를 자각하면서 시작되었다. 이처럼 문제를 해결하거나 근본적인 해결책을 찾기 위해서는 먼저 문제를 직시하는 것이 우선이다.

지젝은 주권 국가 없이 존재하는 유토피아적 공동체가 아니라 국가 차원에서 작동되는 지역적이고 자주적인 공동체를 꿈꾼다. 그는 좌파가 도덕성의 표본이 되고 이를 실천해야 한다고 역설한다. 거듭 말하지만 그는 희망을 꿈꾸었고, 그가 생각하는 희망은 모든 가능성에 열려 있는 순간이다. 그런 점에서 그는 발터 베냐민과 대별된다. 베냐민에게 파시즘의 발흥은 곧 실패한 혁명의 증언이었고 그 때문에 그는 목숨을 끊었다. 그러나 지젝이 생각하기에 결국 역사는 희망과 위험을 동반한 상황을 끊임없이 우리에게 제시한다. 그리고 거기에서 무엇을 할 것인지에 대한 선택은 오로지 우리들의 몫이다.

방어적 폭력은 알랭 바디우의 개념으로서, 국가 권력에 거리를 두고 그 권력의 지배에서 빼낸 자유 영역 등을 건설하며 오직 이 해방구들을 분쇄하고 재전유하려는 국가의 시도에만 물리력을 동원해 저항하는 것을 의미한다. 반면 상징적 폭력은 거리로 나가서 권력을 무시하는 형태를 가리킨다. 권력을 두려워하지 않고 무시하거나 있는 그대로 받아들이는 덤덤한 행위를 통해 불가능한 혁명이 일어날 수 있다. 진정한 좌파의 기획은 사람과 기능을 구분하는 것이다. 진정한 좌파는 부르주아 계급의 종말을 원하지만 자본가들을 죽이고 싶어 하는 것은 아니다. 왜냐하면 그들은 변화할 가능성과 기회가 남아 있고 함께 해야 하기 때문이다.

파시스트는 항상 외재적인 적을 상정한다. 배제적인 외부를 만들고 그 반정립의 대상을 제거해 자신의 지위를 확보해야 한다고 주장한다. 헤겔의 구체적 보편성을 주장하는데 이는 시공간을 초월하여 어디에나 적용될 수 있는 일련의 추상적이고 중립적인 특성이 아닌 매번 새로운 역사적 상황 속에서 재정의되어야 하는 편파적인 보편성을 가리킨다. 상호수동성은 대상 자체가 나 대신에 갖는 수동성으로서, 대상 자체가 나를 대신하여 쇼를 즐기고, 그러는 동안 나는 다른 능동적인 참여를 하는 상황을 의미한다.

　좌파적 혁명론자 지젝은 가능한 것과 불가능한 것의 한계를 새로운 방식으로 재구성해야 한다고 주장한다. 보수주의자들이 혁명의 '종결'에 방점을 찍는 데 반해 좌파는 혁명의 '시작'에 방점을 찍는다는 점에 있어 본질적으로 다르다. 개인적으로 한때 '푸른 장미'라는 필명으로 글을 쓴 적이 있다. 지금이야 교배를 통해 푸른 장미를 볼 수 있었지만 그때까지만 하더라도 푸른 장미는 불가능의 상징이었다. 그런 불가능도 가능함을 꿈꾸고 계속 시도한다면 언젠가는 가능함으로 바뀐다.

　예전에 읽었던 『불가능한 것의 가능성』을 다시 꺼내 읽으며 불가능의 가능을 꿈꿔본다. 사실 불가능하다고 생각했던 몇몇 것들은 이미 가능해졌다. 그렇다면 지금 불가능하다고 생각하는 것들 또한 언젠가는 가능해질 것이다. 물론 시간이 흐른다고 해서 불가능이 저절로 가능해지는 것은 아니고 반드시 실천적 의지가 뒤따라야 한다.

제 5 부

소설의 역사철학적인 미학적 성찰

죄르지 루카치는 헝가리 태생의 20세기 유럽의 대표적인 문예이론가다. 그의 주저 『소설의 이론』(1962)은 긴 지적 편력 속에서도 하나의 중요한 이정표다. 미학 체계 전반을 흐르는 기본이념의 맹아가 그 모습을 드러내고 있다는 점에 있어서 학문적으로 중요하고 의의가 있다. 또한 그의 철학적 좌표가 임마누엘 칸트로부터 게오르크 빌헬름 프리드리히 헤겔로 이전했음을 보여주는 철학적 이론서로서 영원한 형식이라는 이념을 포기하면서 미적 범주의 역사화로의 전환을 나타내는 징표이기도 하다. 그런 이유 때문인지 이 책은 그 난해함에도 불구하고 대중성을 획득했다.

『소설의 이론』이 대중성을 지녔던 이유 가운데 하나로 텍스트의 '시적 성격'과 텍스트 전반을 지배하는 '동경의 정조'를 들수 있다. 여기에서 말하는 동경은 단순히 과거로의 회귀를 의미하지 않는다. 오히려 호메로스적 세계라는 절대적인 이상향이 과거를 우회해 미래로 지향하는 것을 가리킨다.

루카치는 『소설의 이론』에서 근대를 한마디로 '균열의 세계', '소외의 세계', '죄업이 완성된 시대'로 규정했다. 제1차 세계대전을 전후로 많은 독일 지식인들은 유럽 문명의 과도한 개인주의와 쇄말주의, 다시 말하면 사소한 것에 천착함으로써 중요한 본질을 간과하는 태도에 환멸을 느끼고 전쟁의 참호 속에서 새로운 영웅적 인간과 형제애로 맺어진 공동체의 부활을 예감하며 전쟁을 지지하거나 용인했다. 반면 루카치는 기본적으로 모든 전쟁에 반대했고, 종말론적 상황에서라도 레프 톨스토이와 표도르 도스토옙스키와 같은 러시아 작가들의 작품 속에서 새로운 영웅의 모습을 찾을 수 있다고 확신했다. 다시 말하면 그는 러시아 문학에서 유럽적 개인주의와는 전혀 다른 유형의 새로운 인간형을 발견했다. 그 새로운 발견을 통해 유럽적 발전으로부터 형성할 수 없었던 '절대치', 즉 일련의 절망적인 문제들을 해결할 '보편적 진리'가 제공될 것이라고 확신했다. 요컨대 당시 대다수 독일 지식인들이 절망과 체념 속에 사로잡혔다면, 루카치는 다가올 미래에 대해 시종일관 낙관적인 태도를 견지했고, 그 희망을 소설, 특히 러시아 소설에서 찾으려 했다.

그래서 누군가는 가라타니 고진의 『근대문학의 종언』(2005)이 문학, 즉 소설이 자본주의에 예속되고 오염되어 있음을 개탄하고 있다면, 루카치의 『소설의 이론』은 자본주의적 근대를 뒤

로할 새로운 인간과 새로운 세계를 예감한다고 평한다. 루카치는 소설을 발생시키고 발전시켰던 근대의 종언을 선언하고 대신 새로운 시대의 도래를 촉구하는 파국적이자 유토피아적인 종말론적 영감을 고취한다. 그에 따르면, 소설은 현대 인간의 분열되고 소외된 의식을 극복해서 상실된 총체성의 세계를 실현하려는 의미 있는 구조물이다. 그렇다면『소설의 이론』은 '역사철학적인 미학적 성찰'의 과정이자 산물이라 할 수 있다. 혹은 '소설의 철학' 혹은 '철학적 미학'이라고도 부를 수 있다. 루카치는『소설의 이론』에서 왜 '소설'이 근대의 대표적인 문학 형식인지 그 이유를 역사철학적·미학적으로 접근한다.

　『소설의 이론』은 크게 두 부분으로 구성되어 있다. 제1부는 '정신의 초험적 지형도'와 그것을 구성하는 '초험적 장소들'에 대한 주관의 관계 양상에 따라 유럽의 역사적 발전 단계들을 소묘하고, 서사시와 소설로 양분되는 대서사문학의 형식들, 그 가운데 특히 소설 형식에 관한 일반 이론을 제시한다. 제2부는 근대라는 역사철학적 조건 내에서 있을 수 있는 주관적 대응의 양상들을 '근대의 서사시', 루카치의 말을 빌리자면 "신에게 버림받은 세계의 서사시"인 '소설'을 통해 검증을 시도한다.

　『소설의 이론』에 따르면, 위대한 서사문학 장르의 두 하위 형식에 소설과 서사시가 포함된다. 소설과 서사시는 '본질의 내포적 총체성'을 형상화하는 비극과 달리 '삶의 외연적 총체성'을 형상화한다는 점에서 비슷하다. 그러나 소설은 '문제적 개인'을,

서사시는 '공동체'를 그 주인공으로 한다는 점에서 양자는 구별된다. 서사시의 시대, 즉 고대 그리스 시대에는 아직 인간의 내면세계나 영혼의 자기 탐색이라는 개념이 아직 형성되지 않았다. 그러나 근대와 현대에 들어 세계가 무한히 확장되면서, 서사시의 시대에는 존재하지 않았던 저자와 세계 사이의 간극이 무한 증식된다. 따라서 현대인은 불가피하게 고대 그리스적인 삶의 의미, 즉 총체성을 파괴할 수밖에 없고, 그렇기 때문에 호머가 살았던 시기의 인간과는 달리 우주 속에서 편안함을 느낄 수 없다. 소설은 바로 이런 '선험적 실향성' 또는 '선험적 상실성'을 표출한다.

루카치는 『소설의 이론』에서 현대를 '산문적인 세계 상황'으로 규정하고 호머의 서사시에 나타나는 '시적 세계 상황'과 대비하고 있다. 시적 세계 상황은 자연과 정신, 도덕과 법률, 개인과 공동체, 다시 말해, 내면세계와 외면세계가 아직 분열되지 않은 '형이상적 원의 세계'다. 따라서 인간의 의식은 자체 반성의 필요 없이 수동적으로 외부세계에 순응하면 되고, 개인은 세계와 자신 속에 이미 주어져 있는 생의 의미를 새삼스럽게 찾아다닐 필요가 없다. 그는 시적 세계 상황을 총체성과 전체성이 지배하는 사회로 규정한다. 반면 현대의 삶은 총체성과 전체성이 무너졌기 때문에 이를 발견하려는 시도는 궁극적으로 실패할 수밖에 없다. 따라서 세계가 총체적으로 되기 위해서는 근본적인 변혁을 겪어야만 하고, 그 때문에 새로운 유형의 문학 양식이 출현해야 한다. 그는 새로운 유형의 문학 양식으로 소설을 꼽았다. 그는 소설의 출현을 필수불가결한 혹은 불가피한 상황으로 보았다.

루카치는 『소설의 이론』에서 소설을 크게 『돈키호테』(1605) 유형과 『감정교육』(1869) 유형으로 유형화한다. 『돈키호테』 유형의 소설 속 주인공은 자신 속에 광적으로 갇혀 있는 인간으로서 '사회성'을 상실한다. 반면 『감정교육』 유형의 소설 속 주인공은 '자족적 영혼'의 '수동적 경향'을 보이며 낭만적 자기 환멸에 빠져든다. 이 유형의 소설 속 주인공이 느끼는 환멸은 의미 없는 세계에서 의미 있는 행위를 하고 난 후 작가가 느끼는 환멸감에 비교될 수 있다. 이 유형의 소설 속 주인공은 대체로 '개인성'을 상실한다.

그런데 요한 볼프강 폰 괴테와 토마스 만의 소설은 앞 두 유형의 종합으로 행위와 정관적 사고 사이에 조화를 이룬다. 즉 괴테의 『빌헬름 마이스터의 수업시대』(1796), 만의 『마의 산』(1924)과 같은 일련의 성장소설에서 주인공은 상실한 사회성과 개인성을 회복하고 궁극적으로는 '현실의 낭만화' 또는 '염세주의'의 위험에서 벗어나게 된다.

앞서 루카치가 러시아 소설에서 새로운 희망을 발견했다고 했다. 하지만 실제로 러시아 소설에 대한 이론이 체계적으로 개진되지 않고, 단지 톨스토이와 도스토옙스키의 소설에 대해 간단히 언급될 뿐이다. 톨스토이의 소설은 현실의 실체가 인간에게 드러나는 순간을 포착하는데, 이것은 새로운 세계사적 시기로의 획기적 변화에 대한 전망의 내적 암시다. 반면 도스토옙스키의 소설에서는 그 순간이 가시적인 현실로 그려진다.

『소설의 이론』은 헤겔이 제시한 이론적·방법론적 단초를 서사문학의 형식과 역사의 내재적·변증법적 연관성에 대한 고찰로 발전시키고 구체화했다. 루카치는 『소설의 이론』을 통해 소설을 근대의 전형적인 장르로 통찰하게 하는 이론적 틀을 획기적으로 마련했다. 고대 그리스 문화에 대한 루카치의 상은 초기 낭만주의와 고전주의, 그리고 무엇보다도 헤겔 미학에 근원을 두고 있다. 헤겔 미학에서 그려지는 고대적인 통일성과 총체성의 개념은 『소설의 이론』에서 그대로 반복된다.

『소설의 이론』에는 헤겔주의적 사상의 영향이 드러나지만 동시에 비헤겔주의적 사상의 영향도 나타난다. 헤겔주의적 사상의 영향의 대표적인 예로 소설이 신이 버린 세계의 서사시라는 주장을 들 수 있다. 그 주장에 따르면, 소설은 현대 부르주아적 사서시라는 좀 더 산문적인 진술로 헤겔에 의해 이미 표현되었다. 반면 『소설의 이론』에는 헤겔 철학의 핵심이라 할 수 있는 변증법의 정반합적인 발전에 대한 언급이 없다. 더 나아가 문학사가 이성적인 발전 과정을 이룬다는 견해도 암시되어 있지 않다.

헤겔 철학을 이야기할 때 필수적으로 언급되는 개념이 변증법인데 사실 이에 대해 적지 않은 오해가 존재한다. 사실 정반합의 공식은 그가 착안한 개념이 아니다. 그는 스스로 변증법을 공식으로 사용한 적은 없다. 그의 변증법은 사고대상을 지적으로 처리하기 위해 사용되는 방법론이 아니고, 따라서 대상에서 독립한 순수한 방법론도 아니다. 요컨대 변증법은 헤겔의 철학의 내용과 조합되어 헤겔 철학 그 자체와 일체화되어 있다.

헤겔 철학의 근저에는 '만물은 변화하고 운동한다'는 헤라클레이토스의 세계관이 자리 잡고 있다. 헤겔은 이러한 변화와 운동의 논리로 자기부정과 모순을 착안했다. 헤겔의 변증법은 협의로 보면 동일에서 대립으로, 광의로는 대립에서 통일로 규정될 수 있다. 헤겔에게 있어 현재는 역사 과정의 종결이자 이념의 완전한 실현으로서 도달한 혹은 도달해야 할 목표다. 따라서 역사란 그 자체의 내재적인 동력에 의해 전개되는 단계들을 거치고, 결국에는 더 고차원적 시원으로 복귀하는 순환적 원환의 형태를 취한다.

그런데 『소설의 이론』에서 그려지는 쇠락의 역사에서는 그 자체 내에 그것을 넘어서는 동력이 산출되지 않는다. 루카치가 그리는 새로운 세계는 쇠락의 역사와 매개되지 않은 채 그것과는 무관하게 도래한다. 한마디로 그것은 역사의 과정으로부터 분리된, 역사적으로 필연적인 계기로서의 도약과는 거리가 먼 갑작스러운 도약이며, 매개되지 않은 파국적인 급전이다.

『소설의 이론』에는 정신의 초험적 지형도의 변화과정의 논리를 제시하는 역사철학은 없고, 다만 그 자신이 구분한 시대들의 정신의 초험적 지형도에 대한 소묘만 있을 뿐이다. 따라서

『소설의 이론』에서 사용되는 역사철학이라는 개념은 이런 정도로 아주 느슨한 의미로, 즉 복잡한 경험적 역사를 단순한 본질적 척도의 역사성으로 환원해서 설명하는 구도로 이해하고 받아들여야 한다.

　『소설의 이론』에서 루카치는 방법론에서 헤겔의 예술이론의 역사화를 수용했으며, 이에 따라 문학 형식들을 역사적·체계적으로 고찰하고자 했다. 헤겔과 루카치 모두 예술은 추상적으로 존재하는 것이 아니라 역사적 현실과 어떤 방식으로든 매개되어 있다고 보는 점에서는 동일하다. 그러나 헤겔의 경우 예술의 역사성이 세계사의 보편적인 과정으로 해소되지만, 루카치의 경우에는 보편적인 역사의 맥락에서 문학 형식들의 특수한 역사성이 설정된다는 점에 있어 다르다. 루카치는 장르의 역사성을 두 가지 역사의 교차점으로 파악하는데 여기서 두 가지 역사란 예술 세계의 특수한 역사와 보편적인 존재론적·인식론적 조건으로서의 사회 전체의 역사를 말한다. 루카치는 헤겔 미학에서 제시된 방법론적 단초를 독창적으로 계승하고 발전시켰다.

　호메로스 서사시에서는 삶의 외연적 총체성의 형상화가 주어져 있는 자연발생적인 존재 총체성을 수동적·환영적으로 받아들임으로써 구현되어 있다면, 존재의 총체성이 상실된 근대의 서사인 소설에서는 총체성이 곧 칸트적인 의미에서 규제적인 이념이 된다. 다시 말해 형이상학적 영역들인 이 초험적 장소들은 그리스 서사시에서는 서로간의 이질적인 차이 없이 자연스럽게 통일성을 띠지만, 근대에는 그 통일성이 영구히 해체된다.

　루카치가 보기에 소설의 형식은 '문제적 주인공'이라는 말로 정의되는 작중 인물의 존재에 의해 특징되는 형식과 다름이 없다. 소설의 내용은 하나의 훼손된 추구, 즉 그 자체는 훼손된 세계에 있지만 현저히 진전된 수준에서, 그리하여 전혀 다른 방식에 있어 진정한 가치의 추구에 대한 이야기이다. 루카치는 주인공의 훼손과 환경의 훼손을 분석하고 있고, 이 두 개의 훼손이 결렬의 근원인 구성적 대립성과 서사시적 형식의 존재를 가능케 하기 위한 충족적 보편성을 낳는다고 파악했다. 저마다의 공통성 없이 하나의 근원적인 결렬만이라면 비극과 서정시로 귀착된다. 만일 이 결렬이 없거나 단지 우발적인 결렬만 존재한다면 결국 서사시나 동화로 귀착될 수밖에 없다.

소설을 읽는 이유

 소설이나 소설가보다도 소설 속 주인공이 더 유명한 경우가
종종 있다. 그 중 하나가 허먼 멜빌의 『모비 딕』(1851)일 것이다.
『모비 딕』은 멜빌의 대표작으로서 『백경』이라고도 불린다. 이
작품은 문학사적으로 중요하지만 작품 속 등장인물들 때문에
사람들 입에 많이 오르내린다.

 먼저 작품의 제목이기도 한 모비 딕은 소설 속 선장 에이허브
가 가장 혐오하는 향유고래의 이름이다. 모비 딕은 다른 향유고
래에 비해 엄청나게 몸집이 크고 영리하다. 그래서 수많은 고래
잡이들의 목숨을 빼앗거나 그들을 불구자로 만들었다. 포경선
피쿼드호의 에이허브 선장이 한쪽 다리를 잃게 된 것도 바로
모비 딕 때문이다. 그는 한쪽 다리를 잃은 뒤 모비 딕을 잡아
복수하겠다는 일념으로 뒤쫓지만 결국 목숨마저 잃게 된다. 피
쿼드호의 1등 항해사 스타벅은 열정적이면서도 신중하다. 그는

모비 딕을 잡기 위해 선원들을 선동하는 에이허브 선장과 맞서지만 결국에는 피쿼드호와 운명을 함께 한다. 잘 알려진 것처럼 커피전문점 스타벅스라는 상호명은 스타벅의 이름에서 따왔다. 스텁은 피쿼드호의 2등 항해사로서 어떤 위험에 맞닥뜨려도 콧노래를 흥얼거리며 헤쳐 나가는 타고난 낙천적인 인물이다. 그의 입에는 항상 파이프가 있고 얼굴에서는 미소가 떠나지 않는다. 이스마엘은 피쿼드호의 선원으로 모비 딕과의 싸움에서 유일하게 살아남는다.

『모비 딕』의 실제 주인공은 모비 딕과의 싸움에서 끝까지 살아남은 이스마엘이라고 할 수 있지만, 작가 멜빌의 의도와는 상관없이 주인공 이스마엘보다도 모비 딕, 에이허브 선장, 그리고 스타벅의 이름이 훨씬 더 친숙하고 사람들의 입에 훨씬 더 많이 오르내린다. 그런데 작가의 의도와 대중의 관심의 불일치는 여기에 그치지 않는다. 멜빌의 대표작은 당연히 『모비 딕』이라고 말할 수 있지만, 오늘날 멜빌은 「필경사 바틀비」(1853)의 작가로 더 기억된다. 등장인물로 보아도 모비 딕보다도 바틀비가 훨씬 더 유명하다.

멜빌의 단편소설 「필경사 바틀비」는 뉴욕 맨해튼에서 성공한 변호사의 회고담이다. 그는 자신이 지금까지 만난 사람 중 가장 기묘한 남자 바틀비에 대해 이야기를 시작한다. 처음에 바틀비는 변호사가 맡긴 일을 문제없이 해 낸다. 그러던 어느 날 그는 갑자기 아무런 이유도 없이 변호사가 맡긴 일을 거부한다. 일을 거부하며 그는 이렇게 말한다. "하지 않는 편을 택하겠습니다(I would prefer not to do)." 그 후로 바틀비는 맡은 일을 점점 일을 하지 않게 되고 변호사는 혼란에 빠진다. 변호사는 바틀비를 설득할 수도 없고 해고할 수도 없어 결국 자신이 사무실을 떠나고 만다.

하지만 바틀비는 여전히 사무실을 떠나지 않는다. 결국 그는 강제로 사무실 밖으로 끌려 나간다. 하지만 그는 낮에는 사무실 밖 계단에 앉아 있고 밤에는 복도에서 잠을 잔다. 변호사는 바틀비에게 자신의 집에서 살게 해 주겠다고 제안하지만 바틀비의 대답은 여전하다. "하지 않는 편을 택하겠습니다." 결국 그는 식사까지도 '하지 않는 편을 택해' 죽음에 이르게 된다. 그가 죽은 뒤 그에 관한 여러 가지 이야기가 전해지고 변호사 또한 그의 죽음에 대해 여러모로 생각한다.

「필경사 바틀비」는 미국 자본주의를 상징하는 월가의 한 법률 사무소를 배경으로 철저히 소외된 삶을 살아가는 필경사 바틀비의 삶을 통해, 자본주의가 낳은 비인간적 사회구조를 예리하게 묘사한다고 평가한다. 특히 슬라보예 지젝, 질 들뢰즈, 조르조 아감벤 등 철학자들이 수동적으로 대처하는 바틀비의 모습 속에서 후기 근대의 사회인이 취할 수 있는 존재 양식을 발견하고 그것을 구체적으로 논의하면서 이 작품은 최근 들어 더욱 주목을 받고 있다.

지젝은 바틀비가 "아르케(arche) 자체"이며, "근본의 원리"라고 규정한다. 들뢰즈는 바틀비를 "대안"이 아니라 대안이란 개념 자체를 부정하고 근원(an Original)으로 존재하는 인물로서, 주체가 스스로 각성하고 순수하고 자유로운 주체라는 것을 깨닫게 도와주는 인물이라고 평가한다. 아감벤은 바틀비의 수동성이 "순수하고 절대적인 잠재력(pure, absolute potentiality)"의 구현이며, 이것이 바로 "비실천적 잠재력"이라 정의한다. 혹자는 작품 「필경사 바틀비」와 작품의 주인공 바틀비에 대해 철학자들이 과도하게 의미 부여를 했다고 지적하기도 한다. 아무튼 작가의 예상 또는 의도와 다르게 「필경사 바틀비」는 오늘날 멜빌의 대표작으로 자리매김하고 있다. 그리고 소설 속 주인공 바틀비는 소설가보다도 훨씬 더 유명하다.

바틀비만큼이나 유명한 소설 속 주인공이 있는데, 그는 다름 아닌 '아Q'다. 아Q는 중국의 문호 루쉰의 중편소설 「아Q정전」(1921)에 나오는 주인공 이름이다. 루쉰이 곧 아Q고 아Q가 곧 루쉰일 정도로 아Q는 루쉰의 문학, 더 나아가 현대 중국문학의 이정표와 같은 역할을 하고 있다. 아Q는 이름도 성도 없이 자오 씨 집에 얹혀살면서 허드렛일을 하는 미천한 신세다. 그는 집도 없이 웨이장에 있는 동구 밖 사당에서 기거하고 있다. 그는 비겁하고 답답하고 어리석기 짝이 없지만 자존심은 강해, 마을 사람들이 자신을 무시하거나 때려도 그런 사소한 문제 따위에는 관심도 없다는 듯이 행동한다.

즉 아Q는 어려운 일이 생기면 맞서지 않고 이른바 '정신 승리법'이라 하여 현실을 외면하고 자신에게 유리한 쪽으로 생각한다. 그는 마을에서 쫓겨나면서도 오히려 자신이 마을을 떠난다고 생각한다. 신해혁명이 발생하자 그는 자신을 혁명파라고 여기고 사람들이 그 때문에 자신에게 반감을 품고 외면한다고 생각한다. 심지어 그는 약탈죄의 누명을 쓰고 체포되어 끌려가는 상황에서도 자신이 혁명파이기 때문이라고 생각한다. 결국 아Q는 약탈죄로 총살형을 당한다. 하지만 아무도 그의 죽음에 관심을 갖지 않고 그의 죽음을 애도하지 않는다.

「아Q정전」은 신해혁명 전후의 무기력한 중국인을 희화화한 작품으로 루쉰의 작가적 지위를 중국문학사, 더 나아가 세계문학사에 한 자리를 잡게 해 준 대표작이다. 이 작품은 내용 면에서 그렇게 특별하지도 않고, 소설 미학적으로도 구성이 치밀하지 않다. 루쉰 특유의 냉정하고 침착한 문체가 이 작품에서는 상당히 들떠 있고 불안정하게 흔들린다. 그럼에도 불구하고 이 작품이 그려내는 이른바 정신승리법이라는 독특한 인간 심성, 신해혁명이라는 시대성, 그리고 수많은 아Q의 변형 또는 변주는 이 작품을 중국 현대소설의 원형의 자리에 올려놓고 있다.

「아Q정전」에서 아Q는 사람들로부터 무시당하고, 매를 맞고, 심지어 억울하게 누명을 쓰고 총살당한다. 그럼에도 불구하고 그는 정신 승리법으로 모든 것을 자신에게 유리하게 생각한다. 그렇기 때문에 아Q는 단지 한 개인이 아니라, 신해혁명이 실패라는 쓰디쓴 좌절을 맛보았지만 저항하지 않고 안주하는 중국인의 전형으로 해석될 수 있다.

역사적으로 신해혁명은 참혹하게 실패했고 그 세대적 각인은 뿌리 깊은 상처를 담고 있다. 그 상처는 역사적이며 실존적 상처이기 때문에 역사적으로는 훗날의 역사 전개에 따라 치유될 수도 있겠지만 실존적으로는 치유되기 어려운 불가해한 상처이다. 신해혁명 세대의 상처는 루쉰 소설 전체에 걸쳐 적막과 우울의 짙은 그림자를 드리운다. 바로 이 점이 오늘날에도 루쉰을 중국문학에서 살아 있는 존재로 만들어준다. 그리고 그 중심에는 바로 「아Q정전」의 아Q가 있다.

중국은 봉건의 극복과 근대의 실현이라는 중대한 역사적 과제를 안고 있다. 중국에서는 여전히 진행 중인 탈근대의 징후가 몰려오고 있는 지금까지도 봉건과 근대의 착종이라는 현실이 계속되고 있다. 루쉰 소설은 그 거대 문제와의 치열한 고투이다. 어찌 보면 비단 중국만의 문제가 아닐 수 있다. 중국을 포함한 오늘날의 동아시아 사회에는 그 착종 위에 근대 추구와 근대 극복의 동시성이라는 문제가 중첩되어 있다. 루쉰 소설은 그 중첩된 지평에서 재해석될 때 동아시아문학에서도 여전히 살아 있는 존재로 작용한다. 그 때 루쉰은 협의로는 신해혁명 당시 중국의 루쉰이지만, 광의로는 오늘날 동아시아의 루쉰이 된다.

수많은 문학 작품 속 주인공이 있다. 그 중 바틀비나 아Q처럼 많은 사람들의 입에 오르내리며 기억되는 인물도 있고 그렇지 못한 인물도 있다. 아마 대부분의 소설 속 인물은 기억되지 못하고 사라져 버릴 것이다. 그렇다면 바틀비와 아Q가 왜 그렇게 오랫동안 기억될까? 아마도 그들이 특정 작품의 등장인물이지만 특정 작품의 등장인물로 그치지 않고 보편적인 인물로 자리매김하기 때문일 것이다. 맡은 일은 잘하지만 주변 사람들과 잘 융화되지 않고 도무지 속을 알 수 없는 바틀비나 허세를 부리며 약한 자에게는 잔인하고 강한 자에게는 아첨하며 자기 책임을 남에게 미루고 자기 멋대로 생각하는 아Q는 우리 주변에서 흔히 볼 수 있다. 홍상수 영화에 나오는 허위와 위선으로 가득한 남자들이나 의뭉스럽고 속물적인 여자들 또한 마찬가지로 흔히 볼 수 있다. 어쩌면 우리들 안에 이 모든 부끄러운 인물이 숨어 있는지 모른다. 그렇기 때문에 우리는 자꾸 그들을 외면하려 든다.

소설을 읽는 이유는 사람마다 다르겠지만, 개인적으로는 다양한 인물들의 다양한 삶을 엿보기 위해 나름 열심히 소설을 읽는 편이다. 아주 짧은 소설을 읽더라도 많은 등장인물을 마주하게 된다. 그 중에는 평면적인 인물도 있고 입체적인 인물도 있다. 소설을 읽으며 마주한 수많은 인물들의 삶을 내 삶에 포개고 겹쳐본다. 그런데 멜로드라마의 이상적이고 낭만적인 인물들보다는 바틀비나 아Q처럼 껄끄럽고 불편하고 외면하고 싶은 인물이 더 오래 기억에 남는다. 아마도 그들의 삶에서 자꾸 부끄러운 내 삶의 그림자가 드리우기 때문일 것이다.

왜 보르헤스인가

20세기 문학의 선구자라고 손꼽히는 호르헤 루이스 보르헤스는 이전까지 서구문학의 변방에 머물던 라틴아메리카 문학의 '지역성(locality)'을 탈피하고 '보편성(universality)'을 확보할 수 있는 새로운 미학을 추구하는 동시에 세계 인식의 새로운 전환점을 마련했다는 평가를 받는다. 한마디로 그는 오늘날 세계 문학의 패러다임을 바꾸어 놓았다. 그는 미셸 푸코, 자크 데리다, 움베르토 에코, 밀란 쿤데라 등 세계적인 철학자와 작가들에게 큰 영향을 끼쳤다. 특히 구조주의로 출발해 그 한계를 밝히면서 포스트구조주의를 선언하며 전향한 데리다, 푸코 등에게 큰 영향을 끼쳤다.

구조주의는 크게 두 가지로 나뉜다. 텍스트를 닫힌 상태에 놓고 내적 구조를 해석하는 닫힌 구조주의와 한 텍스트에서 다른 텍스트를 읽는 열린 구조주의다. 닫힌 구조주의의 대표적인 인물로 로만 야콥슨과 클로드 레비스트로스를 들 수 있고 그 반대로 롤랑 바르트를 들 수 있다. 닫힌 구조주의가 개개의 텍스트들의 특성과 가치를 무시한 채 전체적인 구조만을 중시하고 보편적 구조와 문법을 찾아내고 수립하려 했다면, 열린 구조주의는 보르헤스를 수용해 자신들의 구조주의를 포스트구조주의로 발전시켰다. 구조주의자들에게는 과거의 근원과 중심, 그리고 절대적 진리에 대한 강렬한 유토피아적 향수가 있었다. 하지만 포스트구조주의자들에게 잃어버린 순수에 대한 동경은 단지 낭만적 환상 또는 근원의 신비화에 불과할 뿐이다. 그들은 더 나아가 모든 언어는 자의성을 지니고 있고, 그렇기 때문에 인간은 우주의 비밀을 진정으로 묘사할 수 없다고 생각했다.

포스트구조주의자들에게 현대는 신이 사라진 시대, 곧 진리가 베일에 가려진 시대이며, 따라서 계시는 아직 나타나지 않고 유보되어 있다. 그들은 우리가 궁극적으로 믿고 섬기는 것도 우리가 만들어낸 우상일 뿐이라고 주장한다. 진리의 절대성과 우위성에 대한 해체는 바로 이 모든 것의 허구성을 인정하는 것이다. 문학의 경우에는 현실과 허구 사이에 명확한 경계선을 설정하는 것이 가능하다는 종래의 관념은 무너지고 만다. 그 결과 1960년대 이후 서구의 소설에서는 흔히 현실과 허구가 구별되지 않고 서로 뒤섞이게 된다.

현실의 허구성 혹은 허구의 현실성이라는 이분법의 파괴는 보르헤스의 '미로' 개념에 잘 나타난다. 미로는 보르헤스 문학의 핵심을 이루는 요소로서 그 핵심은 현실의 질서를 지배하는 법칙을 감지하는 못하는 인간의 무력감 때문에 인간들 스스로 만든 인간의 정리된 법칙에 따라 자신들의 현실을 고안해 낸 것이라는 데에 있다. 닫힌 구조주의와 모더니즘에 대한 비판으로 보이는 이 개념을 전제로 보르헤스는 미로를 우리를 둘러싼 현실에 대한 이해 불가능성으로 파악한다.

보르헤스의 미로 이미지는 혼돈 상태와 긴밀한 관계를 맺고 있다. 미로는 하느님의 문자로 우주의 사상을 나타내기도 하며, 꿈, 책의 무한성, 체스 놀이 등의 메타포를 통해 어찌할 수 없는 의지 앞에서 보잘것없고 우연적인 존재로 축소되어 버린 인간의 조건을 상징한다. 문학에서 미로는 무한성, 혼돈, 무질서 등의 문제를 통해 구체화된다. 신의 질서는 인간의 지성으로는 감지할 수 없는 미로의 이미지로 나타나며, 이는 결과적으로 인간의 힘으로는 해석될 수 없는 비밀스러운 것이다. 미로는 신에게는 완벽한 질서지만 인간에게는 무질서한 혼돈의 구성물이다.

인간의 미로는 인간 스스로 자신의 운명을 만들고 개척한다고 믿는 '운명론'과 인간의 운명은 이미 하느님의 계획이라는 텍스트 안에 있다는 '결정론'의 상호대립과 모순으로 특징지어진다. 우주의 신성한 질서에 대한 이해 불가능성은 인간의 질서에 따라 건설된 상상적이고 환상적인 우주의 가능성을 제안한다. 보르헤스의 주인공들은 미로 속에서 길을 잃으면서 궁극적으로 현실과 허구라는 이분법적 사고방식을 해체한다. 보르헤스의 작품성을 더욱 풍부하게 하는 것은 보르헤스가 상상적 텍스트를 요약하면서 가짜 상호텍스트를 만들고 현실과 허구의 경계를 흐릿하게 만들고 궁극적으로는 그 경계를 무너뜨린다는 점이다.

보르헤스의 작품은 읽고 이해하는 것 자체가 쉽지 않다. 왜냐하면 그의 관심 영역이 철학과 신학을 중심으로 문학, 논리학, 신학 등에 이를 정도로 넓고 다양하기 때문이다. 문학이라 할지라도 에세이로부터 시작해 시, 소설 등에 이르기까지 광범위하다. 다루는 주제 또한 관념주의와 형이상적 문제, 직관으로서의 예술 개념, 영화 등에 이를 정도로 다채롭다. 그럼에도 불구하고 보르헤스의 작품은 크게 '문학 이론을 소설화한 작품'과 '형이상학적 문제들을 다룬 작품'으로 분류될 수 있다. 이 중 형이상적 문제들을 다룬 많은 작품들을 주목할 필요가 있는데, 이 작품들은 주로 종교 또는 종교와 관련된 주제, 즉 창조주, 인간, 세계, 영원성, 죽음 등을 다루고 있다.

보르헤스의 작품이 난해한 또 다른 이유는 그의 관념론적 주제들을 풀어 가는 독창적인 방식에서 기인한다. 그의 접근 방식은 철학적 방식이 아니라 문학적 방식이고, 그 문학적 방식 역시 전통적 방식과는 구별된다. 비슷한 주제를 다루면서도 이제까지 철학이 추구하던 방식들이 추상적·논리학적·해석적이라면, 문학이 추구하는 방식들은 구상적·미학적·현상학적이다.

간단히 말하면 보르헤스는 관념론과 형이상학적 문제들에 대한 답을 찾기 위해 그 자신만의 문학적 방식을 취하기 때문에 읽기도 어렵지만 이해하기도 더욱 어렵다.

보르헤스는 어려서부터 놀라운 언어적 재능을 보였고, 문학에 대한 관심이 많았던 아버지의 영향으로 광범위한 독서를 통해 문학적 자양분을 키워나갔다. 제1차 세계대전 동안에는 유럽에 체류하면서 쇼펜하우어, 니체, 동양 철학을 접하게 된다. 특히 동양 철학에 대한 입문은 작가로서 보르헤스에게 중요한 전환점이 되었다. 동서양의 사상을 모두 접한 보르헤스는 에세이집 『탐문』(1925)을 통해 시간과 존재에 대한 형이상학적 고뇌, 우주의 의미 등 인간의 본질적인 주제들에 대하여 다루기 시작하고, 『토론』(1932)을 통해 동양 철학과 사상에 대한 관심을 더욱 발전시켜 나간다.

보르헤스는 여기에 그치지 않고 자신의 철학적·종교적 사유를 문학이라는 형식을 통해 변주하고 발전시켜 나간다. 그는 소설 속에 신, 인간, 세계, 영원성, 죽음 등 무겁고 진지한 주제를 문학적으로 형상화해 낸다. 『픽션들』(1944)과 『알레프』(1949)에 수록된 단편들은 보르헤스의 이러한 문학적 성과를 잘 반영한다. 『픽션들』과 『알레프』는 유럽과 미국의 문학 및 비평계에 커다란 영향을 끼쳤다.

『픽션들』(1944)은 20세기 후반의 문학뿐만 아니라 정치, 문화, 사회, 과학, 철학 등 다양한 분야에 걸쳐 기존의 패러다임을 바꾸는 데 결정적인 역할을 했다고 평가된다. 이 작품은 문학이 사회를 반영할 뿐만 아니라 사회를 변화시킬 수 있다는 것을 예거하는 현대의 고전으로서, 소설의 죽음이 선포되었던 20세기 말의 문학 세계에 새로운 가능성을 열어놓았다.

종교는 보르헤스의 작품에서 다루어지는 중요한 주제 중 하나다. 『픽션들』에 수록된 단편 중 「틀뢴, 우크바르, 오리비스 테르티우스」, 「원형의 폐허들」, 「바빌로니아의 복권」, 「바벨의 도서관」 등은 다소 정도의 차이가 있지만 종교적 주제를 다루고 있다. 이 가운데 「원형의 폐허들」은 그의 종교관을 명징하게 예거한다. 이 작품은 '꿈을 꾸어서 한 인간을 만드는 사람'의 이야기를 다루고 있다. 보르헤스는 이 작품에서 자신과 닮은 사람을 만드는 주인공인 도인과 인간을 창조한 신(神)을 유비적 관계로 파악하고 있다. 최초에 그의 꿈을 꾸어 인간을 만들고자 시도할 때의 도인은 '인간'으로 표상되지만, 다른 인간을 창조할 때 그는 '도인'으로 표상된다. 더 나아가 그가 최초에 꿈꾸었던 인간은 창조될 때 '아들'로 표상된다. 복잡하면서도 단순한 이 작품을 통해 보르헤스는 자신의 종교관을 피력한다.

보르헤스가 생각하기에 신은 무능력하다. 주인공 도인은 기독교의 창조주의 전지전능한 신과는 거리가 멀다. 그는 자신의 힘으로 무언가를 창조할 수 있는 신이 아니다. 그는 첫 번째 시도에서 자신의 꿈을 통해 인간을 '창조'하려 하지만, 결국 실패하고 만다. 그는 무능력한 신에 지나지 않는다.

또한 신은 계층화되어 있다. 도인은 스스로 인간을 창조하는 데 실패하자 다른 신의 힘을 빌려서 자신의 목적을 이루려 하지만 이 역시 완전한 창조에 이르지 못하고 실패하고 만다. 두 번째 시도에서 실패하자 그는 다른 신들에게 경배를 드리고, 그 신의 이름을 빌려 인간 창조라는 자신의 목적을 달성하고자 한다. 자신이 가진 힘으로 목적을 달성하지 못하자, 그는 자신이 이미 신이면서도 자신보다 더 뛰어난 능력을 가진 신에게 간구해 자신의 목적을 이루고자 한다. 이를 통해 보르헤스는 신에도 위계와 서열이 있음을 시사하고 있다.

인간을 창조한 신도 다른 신의 창조물에 불과할 뿐이다. 결국 마지막 시도에서 주인공은 '불'이라고 불리는 여러 형상을 가진 신의 도움을 받아서, 즉 그의 명령을 따라 행함으로써, 오랜 기간 동안 꿈속에서 우주의 비밀과 불의 제전에 대한 교육을 통해 마침내 자신의 뜻을 이룬다. 그러나 그는 자신이 창조한 대상이 신의 전지전능한 존재가 아니라 다른 누군가의 꿈에 의해 만들어진 단순한 환영의 형상에 불과할지 모른다는 두려움에 사로잡힌다. 그는 자신이 창조한 아이를 현실의 세계로 끌어내기 전에, 아이가 자신이 다른 사람들과 마찬가지로 한 사람의 인간이라고 믿도록 하기 위해, 아이가 교육을 받았던 몇 년 동안의 기억을 잊어버리도록 한 뒤 다른 사원으로 보낸다.

그 후 그 아이는 오래 잠이 들었다가 깨어나서 두 명의 뱃사공들로부터 불 속을 걸어가도 타지 않는 도인의 이야기를 듣는다.

고민으로 지새우던 어느 날, 폐허가 된 불의 신전이 불에 의해 붕괴되자, 그는 불길 속으로 걸어 들어간다. 불길은 그를 할퀴고 그를 집어삼켰지만, 그는 불의 열기를 느끼지도 못했고 불에 타지도 않았다. 그는 안도감, 수치심, 두려움 등을 느낀다. 동시에 그는 자신 또한 자신이 창조한 형상처럼 다른 사람에 의해 꿈꾸어진 환영에 불과하다는 사실을 깨닫게 된다.

신은 불멸의 존재가 아니다. 불의 신전이 불에 의해 소멸되자, 비로소 그는 자신의 노년을 영화롭게 만들어 주기 위해, 자신을 힘든 노고로부터 해방시키기 위해, 죽음이 다가오고 있다는 사실을 인정한다. 보르헤스는 「원형의 폐허들」을 통해 '신은 무능력하고, 신 위에 다른 신이 존재하고, 신 또한 인간과 마찬가지로 다른 신에 의해서 창조된 하나의 환영에 불과한 유한한 존재일 뿐'이라고 역설한다.

보르헤스는 종교를 신과 인간의 끊어진 관계를 다시 회복하는 구원에 이르는 길로 믿은 것이지, 어떤 특정 종교에 자신의 신념을 투사했다고 할 수 없다. 다시 말해 그는 종교를 신앙으로써 받아들인 것이라기보다는 탐구의 대상으로 받아들였다. 그리고 종교의 형이상학에서 환상 문학성을 발견했다. 그는 종교에 내재된 신과 인간의 관계에 대한 비유를 환상 문학성의 질료로 삼았다.

보르헤스는 아르투어 쇼펜하우어를 통해 불교, 힌두교, 우파니샤드 철학 등을 접하게 되었고, 그 영향으로 '밖으로 드러난

세계는 하나의 거대한 환영에 불과하다'는 확신에 이른다. 그의 이런 종교관은 작품 속에 자연스럽게 투영된다. 그리고 그는 다음과 같은 결론에 이르게 된다. '세상은 환영에 불과하므로 문학 작품에서 진정으로 세계를 사실적으로 파악하기 위해서는 겉만 묘사하는 사실주의로는 부족하고, 눈에 보이지 않는 것까지 포착하기 위해서는 환상적 사실주의가 불가피하다.'

보르헤스에게 종교는 그의 환상적 사실주의의 보고라고 할 수 있다. 그는 기독교, 영지주의, 불교, 히브리 신비주의 등 종교와 관련된 형이상학적 사상들을 담고 있는 신화, 설화 또는 경전을 새로운 문학적 소재로 택했고, 문학적인 상상력으로 이에 대한 다시 쓰기를 시도했다. 이를 통해 세계의 숨겨진 이면과 신비를 포착하는 것을 자신의 문학적 사명으로 간주했다.

보르헤스에게 신은 결코 전지전능한 존재가 아니다. 인간이 신을 통해 창조되었다는 주장은 단지 환영에 불과할 뿐이다. 작가 또한 마찬가지다. 작가는 더 이상 전지전능하지 않고, 작품의 독창성도 생각하는 것만큼 그렇게 중요하지 않다. 그는 인간을 창조한 신 또한 다른 신의 창조물에 불과하다는 도발적인 결론을 통해 포스트모더니즘의 핵심적 화두인 '작가의 죽음'이라는 주장에 이르게 된다.

보르헤스는 또 다른 신의 창조를 통해 탄생한 신이 자신을 닮은 다른 인간을 창조하듯이, 기존의 작품에 대한 다시 쓰기를 통하여 새로운 작품이 창조될 가능성을 제시한다. 그에 따르면,

종교와 연관된 신화, 설화 등도 문학의 훌륭한 소재가 될 수 있다. 종교가 신과 인간, 인간과 인간, 신과 신의 끊어진 관계를 복원해 주는 가교의 역할을 한다면, 기존의 서구 기독교가 가지고 있던 종교관을 탈피했던 보르헤스에게 종교는 작가와 작품, 작품과 작품, 작가와 작가 간의 새로운 관계 설정의 매개체로만 기능할 뿐이다.

삐딱하게 보고 똑바로 행동하라

보통 인문학은 '문사철', 즉 문학, 역사, 철학으로 구성되어 있다고 말한다. 문학이 인간이 살아가는 이야기라면, 역사는 인간이 살아온 이야기다. 지금이야 문학과 역사가 학제적으로 구분이 되지만 17세기까지만 하더라도 지금처럼 명확하지 않았다. 어찌 되었든 간에 문학과 역사는 공통적으로 사람들의 이야기다. 반면 철학은 '인간이란 무엇인가?', '인간은 무엇을 위해 살 것인가?' 등 인간의 본질에 관해 끊임없이 화두를 던지는 학문이다. 즉 철학의 본령은 문제점을 파악하고 그에 대해 질문을 하는 것이지 정답을 주는 게 아니다. 그렇기 때문에 진정한 철학자라면 정답을 주기보다는 현재의 문제점을 파악하고 그에 대해 질문하고 그 해결책을 모색해야 한다. 설령 제시한 해결책이 정답이 아니어도 상관없다. 그런 점에서 슬라보예 지젝은 '진정한 철학자'라 할 수 있다.

지젝의 『시차적 관점』(2006)은 '현대 철학이 처한 교착 상태를 돌파하려는 지젝의 도전' 또는 '현대 철학의 최전선에서 철학적 돌파구를 찾으려는 정치적 돌파구'로 일컬어진다. 형식상 3부로 구성되어 있는 『시차적 관점』에서 지젝은 여러 문제에 대해 각각 철학적·과학적·정치적 분석을 시도하고 있다. 하지만 내용은 서로 겹치고 섞인다. 그는 철학, 종교, 문학, 영화, 예술, 그리고 온갖 일화와 사례를 동원해 자기 생각을 풀어나간다. 그렇기 때문에 이 책은 수많은 이야기의 접합으로 이루어진 일종의 '철학적 콜라주'라 할 수 있다. 그는 모든 통념, 관습, 도그마를 분쇄하고, 더 나아가 그 도그마에 도전하는 생각 자체의 맹점 또한 지적하고 깨뜨린다.

먼저 '시차(parallax)'라는 용어부터 살펴보자. 시차는 천문학에서 사용되는 전문 용어로 관찰자의 위치에 따라 별자리가 달라지는 현상을 의미한다. 동일한 대상이라고 하더라도 주체가 어떤 위치에서 보느냐에 따라 그 대상에 대한 이해가 달라는 것이 바로 시차이며, 이런 근본적인 차이를 낳은 관점이 바로 천문학적 용례의 시차적 관점이다. 그런데 지젝의 시차적 관점은 이것과 조금 다르다. 그는 대상을 바라보는 주체보다 대상 자체의 변화를 야기하는 훨씬 더 근본적인 상황에 초점을 맞춘다. 그에 따르면, 양립할 수 없는 두 개의 관점은 우리 지식의 한계를 가리키는 것이 아니라 '대상 자체의 비일관성'을 지칭한다.

시차적 관점을 철학적으로 수용하면 이는 개인·민족·성·정치의 차이에 따라 해석을 달리할 수 있다는 상대주의로 귀결된다. 원래 다원성을 강조하는 상대주의는 포스트모더니즘 담론의 본령이자 핵심이다. 하지만 지젝의 입장은 이러한 포스트모더니즘에서 말하는 '시차' 개념과는 정반대에 서 있다. 개인·민족·성·정치의 차이를 강조한 포스트모더니즘은 오히려 전 지구적 자본주의를 강화하는 데 기여했다. 일례로 게이, 레즈비언 등 성적 정체성과 유대인, 히스패닉 등의 인종적 정체성이 강화될수록 이에 걸맞은 시장이 세계 곳곳에 형성돼 자본주의의 동력원 역할을 한다.

제젝은 이러한 상대주의에 기반을 둔 포스트모던적 세상보다는 '보편성'에 기반을 둔 세계를 추구해야 한다고 조심스럽게 강조한다. 입장에 따른 관점의 차이를 강조하는 포스트모던적 세계관은 자본주의가 처해 있는 빈익빈 부익부의 모순을 설명하지 못한다. 그렇다고 지젝의 '보편성'이 개인·민족·성·정치의 차이를 완전히 무시하자는 것은 아니다. 그는 차이는 보편성이라는 줄기에서 파생된 하부 개념인 만큼 일부 수용할 필요도 있다고 주장한다.

『시차적 관점』의 시작은 가라타니 고진의 『트랜스크리틱』(2001)에서 비롯한다. 즉 '시차적 관점'이라는 용어는 가라타니의 임마누엘 칸트 사유에서 출발한다. 그러나 지젝은 그가 제시한 시차적 관점이라는 근본 발상만 수용할 뿐 그의 나머지 주장은 받아들이지 않는다. 즉 가라타니가 게오르크 빌헬름 프리드리히 헤겔을 거부하고 칸트를 사유의 거점으로 삼는다면 지젝은 칸트를 기각하고 대신 헤겔을 승인한다. 그는 헤겔주의자답게 헤겔의 사유를 갱신하고 진척시킴으로써 오늘날의 정치적 난국의 문제점을 제시하고 이에 대한 해결책을 찾으려 한다. 보다 엄밀히 말하면 그는 독자들로 하여금 그 해결책에 대해 고민하게끔 한다.

지젝의 목표는 '변증법적 유물론'의 재사유 또는 재구축이다. 사실 변증법적 유물론은 오랜 기간 동안 억압되었다. 지젝은 변증법적 유물론이 패퇴해 철학사의 한 장으로 축소돼 버린 현상을 미래에 대한 전망이 부재한 오늘 현실을 보여 주는 대표적인 철학적 사례로 꼽는다. 변증법적 유물론의 패배는 마르크스주의 혁명, 더 구체적으로는 1917년 러시아혁명의 궁극적 실패와 같은 선상에 있는 사건이다. 러시아혁명이 실패로 끝나면서 변증법적 유물론도 함께 매장되었다. 지젝이 생각하기에 변증법적 유물론이 퇴출당하고 난 뒤 좌파적 사유에 남은 것이 바로 '부정 변증법'이다.

테오도어 아도르노의 부정 변증법은 종합을 거부하고 부정만 긍정한다. 다시 말하면 영원히 부정의 상태로 유보된다. 그리고 그 부정의 상태는 다원성이라는 용어로 긍정된다. 그러나 그가 보기에 이 '부정 변증법'은 진정한 혁명을 사고할 수 없다는 치명적 한계를 안고 있다. "부정 변증법은 폭발적인 부정성 및 '저항'과 '전복'에 관해 상상할 수 있는 모든 형태들과 사랑에 빠졌으나, 정작 그 자신이 기존의 질서에 기생하게 되는 일만은 극복할 수 없다." 다시 말하면 부정 변증법만으로는 현실의 극복과 재건이 불가능하다.

이 지점에서 지젝은 다시 헤겔로 간다. 그가 생각하기에 잘못은 헤겔의 변증법 자체가 아니라 그에 대한 통상적 해석에 있다. 그가 생각하기에 "스스로를 그 자체로부터 외화시키고 그 타자성 안에서 자신을 인식함으로써 자신의 내용을 재전유한다는, 헤겔의 정신에 대한 전형적인 담론은 심각한 오독"이다. 그는 우리에게 헤겔 변증법에 대한 이 통상적 인식을 버리라고 권한다. "우리가 헤겔의 삼자 관계에 대해 논할 때 첫 번째로 해야 할 일은, 외화에 대한 이야기와 본래적이고 유기적인 통일성의 사실과 고차적으로 매개된 통일성으로의 복귀에 대해 잊어버리는 것이다."

변증법적 유물론을 복권하는 것은 곧 러시아 혁명의 긍정적 핵심을 복권하는 것과 연결된다. 그렇다고 해서 지젝이 과거로 되돌아가자고 주장하는 것은 결코 아니다. 그의 발상은 러시아 혁명이 실패했다는 것을 인정한 상태에서 그 근본적 이유를 따져 보고, 거기서부터 다시 새로운 길을 찾는 데 있다. 지젝의 사유를 요약한 용어가 바로 '시차적 관점'이다.

변증법에 이어서 지젝은 유물론의 재구성에 나선다. '주체성에 대한 적절한 유물론적 이론'의 토대는 자크 라캉의 정신분석학이다. 비유컨대 마르크스가 루트비히 포이어바흐의 유물론으로 헤겔의 변증법을 물구나무 세워 변증법적 유물론을 구성했다면, 지젝은 라캉의 정신분석학으로 쇠렌 키르케고르의 실존주의를 물구나무 세워 '유물론적 신학'을 구축하려 한다. 지젝이 키르케고르에 주목하는 것은 그가 "현실의 장 전체의 급진적인 개방성과 우연성"을 인정하기 때문이다. 키르케고르의 신은 인격화된 신이 아니다. 그에 따르면, "신성은 모든 것의 불확실성이 무한히 사유될 때 현존한다." "신은 존재 질서의 너머에 있으며, 그는 우리가 그에 관계되는 양식에 불과하다." 한마디로 신이란 "우리가 [그것을] 근거로 현실의 전적인 우연성을 측정할 수 있는 절대적 타자의 다른 이름"일 뿐이다.

키르케고르는 신을 비실체화하고 있다. 그렇다면 키르케고르의 유물론적 전도를 위해 남은 일은 거기서 '신'이라는 말을 떼어내는 것뿐이다. 유물론적 전도를 통해 키르케고르가 '신'으로 지칭한 것은 이제 라캉의 '실재계'로 해석된다. 라캉의 '실재계'는 상상적 재현과 상징적 표상으로 짜인 체계 속에 온전히 기입되기를 거부하는 어떤 잔여를 가리킨다. 지젝은 상상하거나 표상할 수 없는 바로 그것을 모든 헤게모니에 대항하여 끝없이 정치적 저항을 생성해 낼 수 있는 원천으로 간주한다.

그 어떤 중립적 기반도 없이 서로 모순 상태에 빠진 것을 해결하는 전통적인 방법은 새로운 입장을 정립하는 것이었다. 관념론인 형이상학적 초월이든 유물론인 변증법적 종합이든 모순과 갈등을 해결하고 무언가를 구축하려 한다는 점에서는 마찬가지

이다. 칸트 철학과 헤겔 철학, 인간적 존재와 사물인 존재자, 필연과 당위, 자아에 대한 자연과학적 입장과 철학적 입장, 개인의 삶에 대한 법적 규제와 이에 대한 저항, 정치와 경제의 대립, 인권과 시민권의 이율배반 등 해결되지 않고 방기되어 있는 대극을 도처에서 발견할 수 있다.

'천 개의 고원'이 펼쳐져 있다고 하는 요즈음 이런 모순과 갈등을 해결하고 무언가 새로운 것을 구축하려는 시도는 시대착오적이거나 무의미하게 보일 수 있다. 그러나 지젝은 여기에 의미를 둔다. 그는 이 모두를 서로 다른 두 개의 대립으로 보기보다는 하나와 그 자체의 간극으로 보고, 시차적 관점을 도입해야 한다고 주장한다. 그가 생각하기에 바로 이 시차적 관점을 도입해야만 출구 없는 교착 상태를 풀 수 있을 뿐만 아니라, 새로운 실천과 저항을 위한 여지를 마련할 수 있다.

지젝은 줄곧 규정과 능동성보다는 수동성이나 물러남과 같은 부정성에 주목해 왔다. 그를 비판하는 사람들은 부정성과 수동성에서 어떻게 저항의 전략이 가능한지 추궁했다. 그는 그러한 추궁에 정면으로 답한다. 바로 허먼 멜빌의 「필경사 바틀비」(1853)의 바틀비를 통해서 말이다. 그는 사람들에게 언젠가부터 이렇게 말한다. "하지 않는 편을 택하겠습니다." 이 말은 사람들에게 하는 공언일 뿐만 아니라 자기 자신에게 하는 맹세이기도 하다. 바틀비는 선호 자체를 거부한다. 물론 그의 행동이 단순히 모든 참여를 거부하겠다는, 즉 모든 행동과 참여의 내용에 반대한다는 뜻이 아니다. 또 완전히 새로운 대안이 바틀비의 몸짓에서 곧바로 도출된다고 주장하는 것, 지금의 체계를 넘어서는 질서를 상상하기가 매우 어렵다는 사실을 간과하는 것도 아니다.

새로운 질서를 건설하는 활동은 가장 근본적인 차원에서 "하지 않는 편을 택하겠습니다"라는 선언에 의해 지탱된다. 지젝이 생각하기에 "국지적인 문제와 각종 운동에 능동적으로 참여하는 것은 부정하고자 하는 것에 기생하는 정치학이다". 사실 『시차적 관점』은 '바틀비 정치학'을 비롯해서 여러 층위에서 수많은 논의를 촉발하고 있다. 결론적으로 말해 지젝은 『시차적 관점』을 통해 우리에게 현재 처한 상황을 낯선 관점에서 새롭게 바라보라고 추동하고 역설한다. 바로 이 점이 지젝의 글이 가진 가장 큰 힘일 것이다. 그러기 위해서는 무엇보다도 고정관념에서 벗어나 사물을 삐딱하게 바라볼 필요가 있다. 그리고 이는 곧 새로운 실천의 가능성으로 다가온다.

예술, 과거와 대화를 통해 진리를 찾다

이론은 원래 비평의 도구가 되어야 하는데 오늘날 비평은 사라지고 이론만 남았다. 한스게오르크 가다머는 예술 작품에 대한 비평이 인간적일 수밖에 없다는 사실에 기초하고 있으면서도 그것이 주관주의적 혹은 역사적 상대주의에서 벗어나 '보편타당한 해석'을 가능하게 해 줄 수 있다고 생각했다. 그에 따르면, 예술 작품에 대한 우리의 이해는 더 이상 미적 의식에 바탕을 둔 주관과 객관의 이분법의 전제 위에서 이루어지는 것이 아니다. 우리의 해석학적 경험을 이끌어가는 것은 취미가 아니라 전통과 언어의 공통성에 바탕을 둔 작품 그 자체의 사상, 즉 작품의 주제와 내용이다. 해석학의 역사는 텍스트의 올바른 해석과 이해를 위한 규준의 탐구의 역사다.

해석학은 '예술 작품의 비평에 있어서 보편적이고 타당한 판단기준이 무엇인가', 라는 질문에서 시작한다. 해석학은 근원적으로 예술 작품에 대한 우리의 이해와 해석의 과정이 어떤 구조를 지니고 있으며 그 이해와 해석의 구조 속에서 보편적 해석이 가능할 수 있는 가능성의 조건이 무엇인가를 탐구한다. 더 나아가 예술 작품에 대한 종래의 비평이론이 안고 있는 일단의 방법론적 난점들을 원천적으로 해소하고 작품에 대한 우리의 이해와 해석과정에 무슨 일이 발생하고 있는지를 규명한다.

하지만 근대에 이르러서 해석학은 예술 작품 해석의 타당한 규준의 탐구가 아닌 인간의 이해 행위 자체를 문제 삼게 된다. 예컨대 마르틴 하이데거는 더 나은 방법론적 탐구를 특징으로 하는 프리드리히 쉴라이마허와 빌헬름 딜타이의 해석학이 지닌 인식론적 한계를 지적하며 '현상학적 존재론'에 기초한 현존재에 대한 해석학, 즉 '존재론적 해석학'을 제출한다. 하이데거를 통해 해석학은 새로운 전환점을 맞이하게 된다. 하이데거의 존재론적 해석학을 계승한 가다머는 해석학을 해석의 방법론으로서가 아니라 '진리'의 경험으로 규정하면서 과학적 방법론의 지배영역을 넘어서는 진리의 경험을 그것이 마주치는 어느 곳에서나 찾아서 그것의 고유한 적합성을 묻는 것으로 파악한다. 즉 가다머는 해석학을 과학의 방법적 수단으로 증명할 수 없는 이러한 '진리의 경험'을 인문주의적 전통의 산물로 위대한 사상가나 예술가의 텍스트의 이해를 통하여 성취되는 것으로 간주한다.

하이데거와 가다머의 해석학의 출발점은 철학적으로 '현상학

(Phenomenology)'이다. 현상학은 의미를 결정함에 있어 '지각자'의 중심적 역할을 강조하는 현대의 철학적 경향을 말한다. 현상학의 아버지라고 할 수 있는 에드문트 후설에 따르면, 철학적 탐구의 고유한 대상은 우리 의식의 내용이지 외부 세계의 객체가 아니다. 의식이란 항상 무엇에 관한 것이고, 우리 의식에 나타나는 그 '무엇'이야말로 우리에게 진정으로 실재하는 것이다. 그는 여기에 덧붙여, 우리는 의식 속에 나타나는 사물들, 즉 그리스어로 '현상'에서 그것들의 보편적이거나 본질적인 성질을 발견한다고 주장한다.

현상학은 인간의 '의식'과 '현상' 양자의 근본 성격을 보여주려는 시도이다. 다시 말하면 이는 개별적인 인간 정신이 모든 의미의 중심이자 기원이라는 관념을 되살리는 시도다. 문학 이론에서 이러한 접근법은 비평가의 정신 구조에 대한 순전히 주관적인 관심을 부추기는 것이 아니라 새로운 유형의 비평을 낳는다. 그 비평은 작가의 작품 세계 속으로 들어가 비평가 의식에 나타날 때의 그 작품들의 근본 성격이나 본질에 대한 객관적 이해에 도달하려는 시도로 귀결된다.

하지만 하이데거는 후설의 '객관적' 관점을 거부한다. 하이데거는 인간 존재의 특징을 '현존'이라고 주장했다. 그에 따르면 우리 인간의 의식은 세계의 사물들을 '투사'하고, 동시에 세계 내 존재의 본성 자체에 의해 세계에 종속된다. 우리는 세계로, 우리가 택하지 않은 시간과 장소로 '던져졌지만', 동시에 그 세계는 우리의 의식이 그것을 투사하는 한 우리의 '세계'이다. 우리는 의식의 대상과 얽힐 수밖에 없다. 우리의 사고는 언제나 어떤 상황 안에서 일어나고 그렇기 때문에 언제나 '역사적'이다.

이와 같은 하이데거의 '상황적 접근법'을 문학 이론에 적용한 사람이 바로 가다머였다. 가다머의 해석학 또한 '존재론적 해석학'이라 부를 수 있는데, 해석학에 대한 그의 사유는 『진리와 방법』(1960)에 집약되어 있다. 그는 산업화와 과학기술을 비판적으로 보았고 인간의 정신과학을 특수한 영역으로 설정했다. 그의 철학적 해석학의 토대는 현재의 예술은 과거의 역사적 맥락과 특수한 상황에서 이해되어야 한다는 분석 방법이다. 그는 하이데거가 그랬던 것처럼 주관적이고 비과학적인 예술 경험을 과학적으로 분석하고 철학적으로 해석할 수 있다고 믿었다.

텍스트의 타당한 해석의 방법론으로서의 인식론적 해석 이론을 넘어서 이해의 존재론을 통하여 인문주의의 전통 해석, 그리고 그 전통에 참여함으로써 자기 이해의 길로 나가는 인간 현존재의 존재 양식을 규명하는 것이 가다머 철학의 본령이다. 하이데거의 이해의 선구조를 받아들인 가다머는 이해의 선이해와 해석학적 순환구조의 원리에 기초하여 이해의 역사성과 언어적 본성을 규명하고자 노력한다. 그는 '선판단'을 불가피한 것으로 인정하고 텍스트 이해의 불가피한 전제로 규정한다. 그에 따르면, 선판단이 이해의 과정에 전제되고 있다는 것은 이해의 과정에 부정적인 결과를 초래하는 것이 아니다. 오히려 이른바 시간

간격, 즉 시간적 거리에 의해 그 부정적인 선입견은 걸러지고 생산적인 선판단이 이해를 이끌어가는 것이다. 선입견은 현존재의 역사적 실재성을 구성하는 것이며, 우리 자신이 역사적 존재라는 사실을 이해할 수 있게 하는 기반이다.

자연 현상에 대한 관찰을 바탕으로 하는 과학적 인식과 달리, 역사적 전승으로서 텍스트와의 만남은 해석학적 경험의 대화 구조다. 가다머의 해석학은 침묵하고 있는 텍스트와 해석자와의 대화로서 작품에 대한 자유로운 토론을 강조한다. 가다머는 이를 '현재성과 동시성이 작동하는 역사적 지평의 대화'라고 명명했다. 그의 해석학적 경험은 전승의 경험이다. 하지만 그에게 있어서 전승은 우리의 경험을 통해서 확인되고 조절되는 대상이 아니라 바로 '언어'다. 즉 전승의 본질은 언어 매체 속에서 존재할 뿐만 아니라 해석의 우선적 대상이 언어적 성격에 기초한다. 한마디로 말해 언어는 가다머의 해석학에서 중심 테마다.

언어를 중요하게 여긴다는 점에서 가다머의 해석학은 신비평을 비롯한 형식주의, 그리고 구조주의와 일맥상통한다. 그러나 신비평에서는 수사법을, 구조주의에서는 내용보다는 형식과 구조를 중시하지만, 가다머의 해석학에서는 언어의 내용을 중시한다는 점에서 본질적으로 차이가 있다. 하이데거의 언어관의 영향 하에 이루어진 해석학의 '존재론적 전환'에 기초한 가다머는 언어를 도구적으로 보는 일체의 언어 이론을 거부한다. 그에 따르면, 언어가 인간에 귀속된 게 아니라 인간이 언어에 귀속되었다. 우리는 언어를 배우는 과정에서 세계를 이해한다. 그렇기 때문에 세계를 이해하는 것은 곧 언어를 갖는 것을 의미한다. 세계를 가능하게 하는 게 언어이며, 우리의 세계 경험 자체가 언어적인 것이 된다. 해석학적 경험의 구조 속에서 텍스트에 대한 우리의 이해는 선이해 또는 선판단과 해석학적 원리로서의 순환구조가 전제되어 있다. 가다머가 생각하기에 문학 작품의 의미는 처음부터 미리 결정되는 게 아니라 해석자의 역사적 상황에 따라 결정된다. 그렇게 결정된 의미도 고정 불변되는 게 아니라 언제든지 바뀔 수 있다. 바로 그런 점에서 가다머의 해석학은 '수용이론'에도 큰 영향을 끼쳤다.

가다머는 예술 작품의 경험구조를 자신의 독특한 '놀이(Spiel)' 모델 분석을 통하여 설명한다. 그런데 가다머가 말하는 놀이는 창작자나 향수자의 주관적인 태도나 그런 감정 상태가 아니다. 놀이 기능에서 주관성의 자유로운 활동 또한 부정된다. 그가 생각한 놀이는 예술 작품의 존재 양식 그 자체이다. 놀이는 예술가의 주관적 감정이나 해석자의 감정이입과도 구별된다. 그는 예술을 놀이, 상징, 축제 등으로 보았다. 인간은 놀이를 통해서 예술 경험을 축적하면서 무엇이 진리인지 이해하고 해석하며, 상징 해석을 통해 단순 재현이 아닌 압축된 의미를 찾을 수 있으며, 축제를 통해서 일상에서 일탈한 공동체의 가능성을 찾을 수 있다. 예술에 내재하는 아름다움은 이해와 해석의 근원이면서 진리의 본질이다. 그 예술 경험은 과거의 역사적 상황이 현재에 재현되는 것이기 때문에 인간은 역사와 대화를 통해 진리를 찾을 수 있다.

가다머는 놀이 모델을 통해 예술 작품에서 재현적 요소를 강조하며 예술의 모방론 입장을 취하고 있다. 하지만 그의 모방은 주체적인 사물의 모방이 아니라 '형상으로의 변화'를 통해 다양한 표현을 얻는 것을 의미한다. 예술 작품은 실재의 모방으로서 가상 또는 환영이 아니라 우리가 살고 있는 존재를 영위하는 자기 이해와 체험의 세계를 형상 속에 담아내는 것이다. 그러한 예술적 현실 변화는 존재의 진리 속으로의 변화를 가리킨다. 모방과 표현은 모사적 반복이 아니라 본질 인식이다. 놀이는 살아 있는 현재의 존재방식이며 구체적 표현으로서의 현재의 지평이다. 예술은 그 자신의 '현상 변화'를 통하여 살아 있는 현재를 총체적으로 매개한다. 따라서 예술 작품의 진정한 이해는 그 작품의 존재를 드러나게 하는 진리를 경험하는 것이다. 예술 경험을 통해 드러나는 것은 형상으로서의 변화 속에서 표현하는 살아 있는 현재로서 존재 진리이기 때문이다.

가다머의 해석학에 따르면 예술의 '기술 → 해석 → 평가'의 단계는 '이해 → 해석 → 적용'의 과정으로 대체될 수 있다. 가다머는 작품에 대한 이해가 단순히 대상에 대한 이해에 머물지 않고 그 과정에서 '참여'의 기능을 강조한다. 그는 이해가 대상에 대한 새롭거나 다른 이해를 넘어 이해하는 인간 현존재의 이해까지 그 지평을 확대시킨다. 예술 작품 자체가 역사적 상황

성과 언어성에 기초한 이해를 수행한다는 점에서 해석학적 만남은 결코 주관적이지 않다. 역사주의의 상대주의에서도 벗어나 있다.

비평의 과제로서 작품에 대한 타당한 판단과 평가의 문제는 더 이상 기준과 방법의 문제가 아니라 해석학적 경험의 수행 과정에 이미 전제된다. 작품의 표현, 즉 거기에서 드러나는 살아 있는 '현재'를 기술하는 것이 곧 예술 비평의 과제다. 작품 속에서 끊임없이 새롭고 다양한 의미를 도출하고 음미하고 평가하는 가운데 삶과 세상에 대한 이해의 폭을 넓혀 가는 것, 바로 이것이 가다머가 해석학을 통해 진정 이루려 했던 목표이자 본령이다.

제 6 부

진정한 철학자의 길

루트비히 비트겐슈타인은 20세기 가장 위대하고 영향력 있는 철학자들 가운데 한 명이다. 그는 오스트리아－헝가리 제국의 빈에서 아주 부유한 집안의 막내아들로 태어났다. 그의 아버지는 오스트리아의 철강 산업 대부분을 소유한 기업가였다. 처음에 그는 가업을 잇기 위해 공학을 공부했지만 이내 철학으로 진로를 바꾸고, 케임브리지대학교에서 버트런드 러셀로부터 본격적으로 철학을 배운다. 러셀은 비트겐슈타인이 논리 철학에서 해명되지 않은 난제들을 해결할 수 있을 것이라 기대했다. 실제로 그는 『논리－철학 논고』(1921)를 통해 철학의 모든 문제를 해결했다고 생각하고 철학계를 떠난다.

비트겐슈타인에 따르면, 철학은 말할 수 없는 것을 말하려고 하기 때문에 모든 문제가 발생한다. 그는 『논리－철학 논고』에서 "말할 수 없는 것에 대해서는 침묵하라"라는 그 유명한 명제를 남긴다. 그는 자신의 이론을 설명하기 위해 '그림 이론'을 제시한다. 그림 이론에 따르면 언어와 세계의 논리적 구조는 동일하며 언어는 세계를 그림처럼 기술한다. 언어를 정확하게 사용하면 그에 해당하는 세계를 정확하게 설명할 수 있다. 반대로 언어로 정확하게 설명할 수 없는 세계는 곧 보여줄 수 없는 세계다. 언어의 한계는 곧 세계의 한계라는 결론이 도출되고, 이 결론은 자연스럽게 "말할 수 없는 것에 대해서는 침묵하라"는 명제로 이어진다.

그런데 비트겐슈타인은 완벽하다고 믿었던 자신의 그림 이론이 완벽하지 않다는 사실을 우연히 발견하게 된다. 문제를 파악하게 된 계기는 역설적으로 그가 그때까지 오류투성이라고 비판했던 '일상 언어'였다. 그는 자신의 『논리−철학 논고』가 철학의 모든 문제에 대한 최종적인 대답을 제시하지 못했다고 생각하고 1929년 케임브리지대학교로 돌아와 다시 철학을 연구하게 된다. 이때부터 1951년 죽을 때까지 그는 철학에 몰두해 철학을 하는 새로운 방식, 철학이라는 주제의 역사에서 전례 없는 방식을 고안해 낸다.

비트겐슈타인의 전기 작가로 유명한 레이 몽크에 따르면, 비트겐슈타인이 철학에 접근하는 방법은 『논리−철학 논고』에서 제시되었던 견해, 즉 철학이 과학 혹은 과학 비슷한 어떤 것일 수도 없다는 입장을 충실하게 견지하려는 것이었다. 그것은 원리들로 구축된 하나의 전체가 아니라 언어가 던지는 마술에 의해 빚어진 혼란을 청소하는 활동이었다. 하지만 비트겐슈타인은 한 언어는 어떤 대상이나 사실을 그려주거나 지시하는 게 아니라 여러 가지 목적을 위해 자의적으로 사용될 수 있다고 자신의 주장을 수정한다. 그의 수정된 주장 또는 견해가 집대성된 작품이 바로 『철학적 탐구』(1953)다.

일찍이 비트겐슈타인은 『논리－철학 논고』에서 "세계는 사물들의 총체가 아니라 사실들의 총체다"라고 말했다. 이 명제를 통해 그가 언급하는 세계는 우리가 경험하는 시공간적 세계가 아닌 논리적 공간의 세계다. 사실들은 논리적 공간 속에 있고 서로 독립적이며 오직 진술 또는 주장될 수 있을 뿐이다. 철학의 목표는 사고를 논리적으로 그리고 명확하게 하는 것이다. '철학은 학설이 아니라 활동'이다. 철학적 작업은 주로 설명 또는 해설로 이루어져 있다. 철학의 궁극적 지향은 '비판'이다. 그렇기 때문에 철학은 의미 있는 언어의 한계를 분명히 한다. 반면 과학은 모두 참인 명제들로 구성되어 있다. 과학은 사태의 존재 또는 비존재를 연구 대상으로 삼는다.

비트겐슈타인은 언어와 삶의 방식 사이에 밀접한 연관이 있다고 생각했다. 그는 인간의 삶의 방식은 언어에 그대로 나타난다고 보았다. 인간은 철학적 혼돈, 즉 문법적 혼돈에 깊이 사로잡혀 있다. 먼저 자신을 구속하는 다양한 연상에서 벗어나야 한다. 여기에서 벗어나지 못하면 자유로워질 수 없다. 이를 위해서는 인간의 언어 전체를 재구성해야 한다. 그러나 언어는 인간이 그런 방식으로 생각하는 경향이 있었고 그렇기 때문에 지금까지 발전한 것이다. 사물의 단순성, 친숙성을 깨야 한다. 비트겐슈타인의 후기 철학은 과학자가 자신의 실험 결과를 발표할 때와 달리 가설을 사용하지 않는다. 대신 그는 당연하고 의심의 여지가 없는 일상적인 언어로 자신의 철학 방식을 고집했다.

언어는 우리를 유혹하고, 오도하고, 매혹하는 '독'이 될 수가 있다. 우리가 독을 올바르게 사용하면 아무 문제가 없는 것처럼 언어 또한 마찬가지다. 비트겐슈타인의 사상의 핵심은 바로 언어의 모호한 성격이다. '언어 게임'과 가족 유사성은 비트겐슈타인의 후기 사상에서 핵심적인 관념들이며, 이것들이 그의 사상을 '수목적인(arboreal)' 것보다는 '리좀적인(rhizomatic)' 것으로 만든다. 리좀은 나무의 뿌리처럼 서로 얽히고설킨 상태를 나타내는 것으로 중심도 없고 시작도 없는 상태를 가리킨다. 우리는 자신의 경험을 알고 있지만 다른 사람의 경험은 추론해야 한다. 우리와 우리 자신과의 관계, 즉 일인칭의 관계는 관찰의 관계가 아니다. 따라서 만일 우리가 고통을 느낀다면, 말 그대로 고통을 느끼고 있는 것이지만, 다른 사람의 고통에 대해서는 진짜인지 아닌지 유추해야만 한다. 공통된 인간의 반응과 표정은 "영혼의 대화"와 연결되어 언어 게임의 기초가 된다.

비트겐슈타인은 『논리－철학 논고』에서 철학적 문제들은 대체로 우리가 사용하는 언어의 논리가 오해되기 때문에 발생한다고 말한다. 그가 시도한 해결책은 우리 언어의 논리에 대한 올바른 설명을 만들어 내는 것이다. 그에 따르면, 하나의 명사는 하나의 사물을 의미한다. 바꿔 말하면 그 사물이 그 명사의 의미 대상이다. 원자명제는 오로지 명사들로만 구성되어 있고 그렇게 구성된 문장의 단어는 모두 사물의 표상들이다. 하지만 이 시도가 실패하자 그는 사태를 완전히 다르게 보기 시작한다. 그는 우리 언어 특유의 논리라는 게 도대체 존재하는지에 대해 의문을 품는다.

비트겐슈타인이 택한 방법은 지그문트 프로이트의 정신분석학 방법과 비슷하다. 프로이트가 우리에게 가져다준 것은 하나의 새로운 신화, 우리 자신과 주변 사람들을 바라보는 새로운 방식, 예전에 보지 못했던 사물들 사이의 관련을 보게 해 준 방식이다. 비트겐슈타인은 자신의 언어 게임을 통해 철학자들의 철학적 이론이 오해 위에 세워진 혼란에 불과하다는 것을 인정하게 해 주는 치료법적인 역할을 하길 원했다. 언어 게임은 대개 허구적인 원시 언어 형태이다. 그 속에서 일상 언어의 특정한 측면 하나가 대체로 그것이 놓여 있는 복잡한 맥락과 격리되어 집중적으로 조명을 받게 된다. 그렇게 하면 우리가 이 단순화한 사례와 실제 생활에서 사용되는 언어 형태 사이에 있는 관련성을 보는 게 가능해진다.

비트겐슈타인은 어른이 사물을 가리키며 이름을 알려줄 때 어린아이들이 언어를 습득한다는 주장의 오류 또는 한계를 입증하기 위해 건축업자를 표본 집단으로 언어 게임을 실험했다.

영국의 극작가 톰 스토파드는 『도그의 햄릿, 캐홋의 맥베스』(1979)에서 비트겐슈타인의 언어 게임의 양상을 극화했다. 『도그의 햄릿, 캐홋의 맥베스』는 「도그의 햄릿」과 「캐홋의 맥베스」로 구성되어 있다. 스토파드는 비트겐슈타인의 『철학적 탐구』에서 비롯된 언어 게임의 하나의 예로서, 그리고 관객에게 흥미를 주기 위한 소품으로서 「도그의 햄릿」을 썼다. 그는 「도그의 햄릿」에서 비트겐슈타인의 언어 게임을 극화하며, 관객들에게 새로운 언어를 가르치는 것의 가능성을 실험했다. 비트겐슈타인의 철학적 주장이 진지하고 학문적이라는 스토파드의 연극적 접근은 가볍고 희극적이라는 점에서 양자는 차이가 있기는 하다.

「도그의 햄릿」은 크게 두 개의 극 행동으로 구성되어 있다. 즉 여러 가지 자재를 이용해 무대의 단상을 만드는 장면과 실제로 연극을 공연하는 부분으로 구성되어 있다. 무대를 만드는 장면에서는 대부분 영어가 아닌 '도그 언어(Dogg Language)'가 사용된다. 스토파드는 등장인물들로 하여금 도그 언어를 말하도록 함으로써 언어의 '자의성'을 조롱하고 있다. 극이 시작되면 베이커가 다양한 모양과 크기의 나무 조각으로 연극의 무대를 만들고 있다. 그가 '판자', '널빤지', '블록', '나무 벽돌'을 요구하면 무대 밖에서 누군가가 그것들을 차례차례 던져준다.

'판자', '널빤지', '블록', '나무 벽돌'은 표면적으로는 각기 다른 모양과 크기의 건축 자재를 의미한다. 하지만 맥락에 따라서 이 단어들은 각각 다르게 해석될 수도 있다. 예를 들어 자재를 던져주는 사람이 자신이 던져주는 자재로 무대를 만드는 사람이 어떤 건축 자재를 필요로 하고 필요로 하는 건축 자재의 순서를 미리 알고 있다면, 무대를 만드는 사람은 필요로 하는 건축 자재의 이름을 말할 필요가 없고 단지 다음 건축 자재를 필요로 하는 때만 알려주면 된다. '판자', '널빤지', '블록', '나무 벽돌'은 표면적으로 보았을 때는 단상을 만드는 데 필요한 건축 자재를 가리키지만, 각각 '준비되었어', '좋아', '다음', '고마워'라는 문장을 의미할 수도 있다. 이 장면은 비트겐슈타인의『철학적 탐구』의 중심적인 사상, 즉 언어는 격자 형태의 실제로부터 논리적으로 추론된 계산이 아니라 변화와 성장을 가능하게 하는 상호 활동으로부터 나온 삶의 형식이라는 사실을 잘 보여준다.

비트겐슈타인의 언어 게임의 목적은 현실의 복잡한 양상을 반영하는 게 아니다. 그렇다고 해서 언어의 본질적인 측면을 표현하려 한 것도 아니다. 그보다는 일상적인 우리의 삶에서 나타나는 것보다 더 원시적인 방식으로 우리 언어의 어떤 측면을 표현하기 위해서다. 언어 게임으로 우리가 간과할지도 모르는 언어의 특징을 좀 더 명료하게 살피는 게 가능해졌다.

비트겐슈타인은 언어 게임을 통해 철학자들이 관습적으로 간과하는 사실, 즉 우리가 단어를 사용하는 방식의 차이에 관심을 가져야 한다고 역설한다. 그에게 철학은 진리를 탐구하고 규명하는 것이 아니라 잘못 사용된 언어를 바르게 사용하도록 도움을 주는 것이다. 이는 곧 사람들의 생각을 분명하고 확실하게 하는 방법을 찾는 일이다.

같은 말이라도 쓰이는 맥락에 따라 위협적인 말도 되고 칭찬의 말도 된다. 사실 언어의 의미를 결정하는 것은 '무엇'이라는 메시지보다는 '어떻게'라는 언어의 쓰임새다. 언어에서 중요한 것은 텍스트가 아니라 텍스트를 둘러싼 콘텍스트다. 사실 언어로 인해 발생하는 수많은 오해들도 대부분 콘텍스트를 간과한 채 텍스트에 함몰되기 때문에 초래된다. 비트겐슈타인은 언어 게임을 통해 맥락의 중요성을 설파한다.

앞에서 말했듯이 비트겐슈타인은 『논리─철학 논고』를 통해 철학의 모든 문제를 해결했다고 단언했지만, 그는 자신의 오류를 인정하고 언어 게임을 통해 자신만의 진정한 철학을 집대성했다. 그는 일관성을 잃은 게 아니라 자신의 오류를 인정함으로써 자기갱신을 했다. 어쩌면 바로 그 점 때문에 그는 오늘날 가장 위대하고 영향력 있는 철학자 중 한 명으로 기억되는지 모른다.

철학이 필요한 시간

한자 믿을 '신(信)'은 사람 '인(人)'과 말씀 '언(言)'으로 구성되어 있다. 이 글자는 '사람이 하는 말은 믿어야 한다'는 당위의 의미를 갖고 있다. 그런데 여기에는 '사람이 하는 말을 믿으려면 믿을 수 있도록 말을 해야 한다'는 전제가 깔려 있다. 즉 인간관계의 원천은 믿음이고 믿음은 바로 말에서 시작된다. 그런데 말을 하는 사람이나 그 말을 듣는 사람이나 서로 믿지 않기 때문에 종종 서로 믿을 수 없는 말을 하게 된다. 인간은 사회적 동물이자 정치적 동물이다. 인간의 사회관계나 정치 행위 또한 말에서 시작된다. 서로의 말을 믿지 못하는 것은 사회관계의 붕괴와 정치 행위의 무위를 의미한다. 현대적인 맥락에서 보자면 서로의 말을 믿지 못하는 것은 곧 '민주주의의 붕괴'로 귀결된다.

정치인들이 가장 많이 하면서 동시에 가장 많이 듣는 단어 가운데 하나는 아마도 '거짓말'일 것이다. 유권자들의 표를 모으기 위해 거짓말을 하면서도 상대방이 자신을 공격할 때는 그 말을 거짓말로 일축한다. 상대방을 공격할 때는 또다른 거짓말을 동원한다. 그렇기 때문에 거짓말은 곧 민주주의의 붕괴의 원인이자 결과라고 말할 수 있다. 어느 특정 지역이나 국가에 국한되지 않는다. 거짓말은 곧 '맹세의 쇠퇴' 혹은 '맹세의 배반'이라 할 수 있다.

다시 말하지만 우리 시대에 거스를 수 없는 대세가 된 맹세의 쇠퇴는 '정치적 동물로서의 인간의 존재 자체가 걸린 위기'에 상당하는 것일 수밖에 없다. 이탈리아의 정치철학자 조르조 아감벤의 『언어의 성사』(2008)는 부제 '맹세의 고고학'이 잘 말해주듯이 맹세에 대한 철학적 고고학을 제안한다. 저자는 '맹세란 무엇인가?', '만약 맹세가 정치적 동물로서의 인간 자체를 규정하고 의문에 부치는 것이라면 과연 맹세에 무엇이 걸려 있기에 그러한 것일까?', '만약 맹세가 정치 권력의 성사라면 그 구조와 역사 속의 무엇이 맹세에 그러한 기능을 부여했는가?' 등과 같은 철학적 질문을 던진다.

서양의 역사에서 맹세는 정치적 약속과 다름없다. 그리스도 초창기부터 서임권 투쟁에 이르기까지, 중세 말의 '코뮌'에서 근대 국가의 형성에 이르기까지, 정치적 약속이 위기에 처하거나 다양한 형태로 부활할 때면 언제나 맹세의 역할이 뚜렷했다. 그렇다면 맹세란 무엇인가? 만약 맹세가 정치 권력의 '성사(聖事)'라면 구 구조와 역사 속의 무엇이 과연 맹세에 그러한 기능이 부여되도록 해 준 것일까? 어떠한 인간적인 층위가 함축되어 있기에 산 자와 죽은 자를 막론하고 모든 인간이 이 층위 안에서 그리고 이 층위에 의해 해명될 수 있는 것일까?

맹세는 진술 일반에 관한 것이 아니라 그 효력의 보증에 관한 것이다. 언어 일반의 기호론적 내지는 인지적 기능이 아니라 진실함과 실현에 대한 보증이 관건이다. 맹세의 형식은 다양하더라도 그 주된 기능이 언어의 진실과 효력을 보증하는 것이라는 점에서는 모든 고전과 학자들의 견해가 크게 다르지 않다. 성서를 비롯해 맹세는 우리 사법 체계의 본질적인 부분이 되었고, 그리스도교 세계의 법과 관습 속에서 합법적으로 유지되고 또 점차로 확장되었다. 따라서 맹세란 어떤 유의미한 발언의 확인을 목표로 하는 '언어 행위'이고 발언의 진실성이나 유효성을 보증하는 것이다.

맹세는 어떤 구두 계약이나 약속에 대한 보증으로서는 애당초 그러한 임무에는 전혀 부적합했던 것처럼 보이며, 차라리 거짓말에 대해 단순히 불이익을 주는 것이 분명히 더 효과적이었을 것이다. 맹세는 '인도유럽어족 사회의 재앙'에 대한 교정 수단이 되어 주기는커녕 재앙 자체가 거짓 맹세라는 형태로 맹세 자체에 내재되어 있다. 그렇다면 맹세에서 원래 중요했던 것은 어떤 약속의 보증 또는 어떤 선언의 진실성에 대한 보증이라고 할 수 있을 뿐만 아니라 오늘날 우리가 그러한 이름으로 알고 있는 이 제도는 더 원시적 단계의 기억을 담고 있다고도 말할 수 있다. 맹세가 방지해야만 했던 재앙은 인간의 불가능성이었을 뿐만 아니라 언어 자체에 관련된 약점, 즉 사물을 지시하는 말들 자체의 자질과 말하는 존재자로서의 자신의 조건을 고백하는 인간의 능력에 관련된 약점이었다.

맹세의 힘과 효력은 그것이 원래 속하고 또 가장 원시적인 것으로 전제되는 주술−종교적 힘들의 영역에서 발견된다. 그러므로 종교적 믿음의 쇠퇴와 더불어 맹세도 쇠퇴한다. 이러한 주장은 우리가 익히 알고 있는 역사적 인간 앞에 종교의 인간이 있었다는 전제와도 연결된다. 그러나 이 종교의 인간은 학자들의 상상 속에서만 존재한다. 왜냐하면 우리가 활용할 수 있는 모든 고전들은 종교적이면서도 종교적인 인간을 제시하기 때문이다.

맹세는 우리가 종교적 영역을 연상하는 데 익숙한 성분들을 포함하는 법적 제도로 나타난다. 그 속에서 더 원시적인 단계와 더 근대적인 단계를 구분하는 것은 완전히 자의적이다. 우리에게는 법 이전의 단계, 즉 맹세가 오로지 종교적 영역에만 속하는 단계를 상정할 근거가 없다. 이제 법과 종교 사이의 관계를 연대기적이고 개념적인 관계로 표상하는 우리의 습관 전체가 바로잡혀야만 할 것이다. 맹세는 인간의 언어를 가급적이면 최대한 진실하게 함으로써 하느님의 말씀이라는 신적인 모형과 일치시키려는 시도와 다르지 않다. 맹세는 곧 하느님의 말씀 자체로 해석될 수 있다.

명실공히 로마 공화정을 대표하는 철학자이자 사상가인 키케로는 맹세의 구속력에 대해서 다음과 같이 말했다. "맹세를 하는 데 있어 우리의 의무는, 맹세를 위반할 경우 우리가 두려워해야 할 대상이 무엇이냐가 아니라 그에 따르는 책임 소재가 어디냐를 고려하는 것이다." 그가 생각하기에 결정적인 것은 신의, 즉 언행일치의 문제다. 호메로스 또한 신의를 강조했다. 맹세는 법과 종교에 앞서 있는 언어가 통과해야만 하는 문턱을 가리킨다. 맹세는 언어를 통한 보증, 증인으로 신의 소환, 거짓 맹세에 대한 저주로 구성된다.

　맹세에서 증언은 법률적인 의미에서 구체적인 증언을 가리키지 않는다. 맹세는 사실이나 사건의 입증이 아니라 순전히 의미론적으로 언어가 갖는 힘에 관한 것이다. 맹세와 증인과 신은 발화행위 안에서 합치된다. 증언은 언어 자체에 의해 주어지며, 신은 바로 그러한 발화 행위 속에 함축된 잠재력을 지칭한다. 신에 의해 축복이 내려질 수도 있지만, 그 관계가 파열될 때는 저주가 뒤따르기도 한다. 의미화의 연관으로부터 풀려난 신의 이름은 공허하고 무의미한 말, 곧 독신이 되어 부적절하고 사악한 용도로 쓰일 수 있다. 주술에서 부당하게 취해진 신들의 이름은 주술적 행위의 수행 주체가 된다. 주술은 의미가 텅 빈 신의 이름이므로 사람들은 고어와 낯설고 이해하기 힘든 말들을 더 가치 있게 생각했다. 주술과 주문은 거짓 맹세로부터 비롯되었다. 주술, 종교, 법은 맹세에서 배태된 맹세의 파편들이다.

맹세에서 신의 이름이 지니는 시원적 의미와 기능, 보다 일반적으로는 우리가 흔히 종교 장치들이라고 부르는 장치들에서 신의 이름들이 차지하는 중심성 자체는 이러한 관점에서 따져 봐야 한다. 특수 신들에서 신격화되는 것은 바로 이름이라는 사건, 곧 명명 자체이며, 어떤 제스처, 어떤 행위, 어떤 사태를 따로 분리해 내어 이것들을 인식 가능하게 만듦으로써 특수 신들을 만들어 내는 이 명명 자체가 순간의 신성인 것이다. 특수 신과 마찬가지로 맹세에서 불러내지는 신은 엄밀히 말해 선언이나 저주의 증인이 아니다. 그러한 신은 말과 사물이 분해될 수 없게 결합되어 있는 언어라는 사건 자체를 표상한다. 신은 언어라는 사건 자체이다. 모든 이름 짓기, 모든 발화 행위는 이러한 의미에서 하나의 맹세와 같다.

다신교에서 신이 특수한 구체적 명명이었다면 일신교에서 하느님의 이름은 언어 자체를 이른다. 하느님의 이름을 두고 한 맹세 속에서 인간의 언어는 신의 언어와 교신한다. 하느님의 이름이라는 신학적 주제와 본질과 실존이 합치하는 절대 존재라는 철학적 주제는 중세 가톨릭 신학에서 가장 확실하게 연결되었다. 토머스 아퀴나스에게 하느님의 이름은 의미론적 내용을 벗어나 순수하고 벌거벗은 실존의 상태에 있다. 순수한 실존은 인식이나 논리적 연역의 결과가 아니라 기의로 나타낼 수 없고 다만 맹세 될 수만 있는, 즉 이름으로 선언될 수만 있는 것이다. 믿음의 확실성은 하느님의 이름에 대한 확실성이다. 하느님의 이름은 오로지 참된 것으로서 의심하는 것이 불가능한 언어 경험을 이른다. 인간에게는 이 경험이 맹세이다. 말한다는 것은 무엇보다도 맹세한다는 것, 이름을 믿는다는 것이다. 모든 현재적 진실을 보증하는 하느님의 이름의 수행적 힘에 반하는 이교도의 잡신들은 거짓 맹세와 다를 바 없었다.

일신교, 특히 그리스도교는 말에 대한 믿음의 중심성을 종교적 경험의 본질적 내용으로 갖는데, 이러한 중심성은 맹세로부터 물려받은 것이다. 그리스도교는 로고스의 종교이자 로고스의 신격화이다. 수행적인 진실 말하기의 경험으로서의 믿음과 일련의 선언적 유형의 도그마들에 대한 신앙을 조화시키려는 시도는 교회의 임무이지만 동시에 교회의 모순이기도 하다. 그렇기 때문에 교회는 복음서의 분명한 가르침을 등지고 맹세와 저주를 특수한 법적 제도들로 전문화하지 않을 수 없는 상황에 처하게 된다. 따라서 진실 말하기, 즉 맹세를 성문화된 진리 체계로 고정시키지 않지만 어떠한 언어 사건이건 그것을 근거 짓는 진실 말하기를 말로 표출하고 드러내는 철학이 필연적으로 참된 종교로 제시될 수밖에 없다. 결과적으로 맹세는 그것이 무엇보다도 언어의 성사인 한에서 정치적 권력의 성사로 기능하게 된다.

맹세는 인간의 언어 경험에 대한 역사적 증언과 같다. 인간은 정치에 생명체로서의 자기 실존을 걸었지만 동시에 언어에도 자신의 목숨을 걸었다. 정치 생명체로서의 인간과 맹세의 주체로서의 인간은 본질적으로 서로 기대어 있다. 맹세는 생명과 언어, 행위와 말을 구별하면서도 어떤 식으로든 서로 맞물리게 하려는 시도였고, 인간은 이를 통해 역사와 같은 것을 남길 수 있었다.

인류가 어떤 식으로든 지금까지 생존한 것은 이러한 맹세를 충실히 지켰기 때문이다. 종교와 법은 말의 경험을 진실과 거짓, 유효한 정형 구문과 부정확한 정형 구문으로 구별하고 대립시키면서 역사적 제도로서의 맹세와 저주로 전문화한다. 말의 수행적 경험은 언어의 성사가 되면서 격리되고, 언어의 성사는 또 권력의 성사가 되면서 격리된다. 이것은 인류의 발생적 경험의 시원적인 수행적인 힘을 고정시키려는 시도로부터 유래하는 현상이다.

그러나 비할 데 없는 힘, 효력, 아름다움을 지닌 도구로서 언어가 향유해 왔고 지금도 향유하고 있는 그 위세를 이제는 의심해 보아야 할 때가 된 듯하다. 인간의 언어에 특이한 미덕을 부여하는 결정적인 요소는 인간의 언어가 화자에게 비워주는 자리에 있다. 인간은 말하기 위해서는 반드시 '나'라고 말해야만 하고, 말을 붙잡고 떠안아 자신의 것으로 만들어야만 하는 생명체이다. 인간의 언어는 화자와 그의 언어 사이에 설정된 윤리적 관계에서 비롯된다. 언어의 성사가 생겨나는 곳은 바로 이 윤리적 관계이며, 지금까지 규명한 것은 이 윤리적 관계의 인류 발생적 의의였다. 다른 생명체와 달리 인간은 말하기 위해서 자신의 말에 자신을 걸어야만 한다는 바로 그 점 때문에, 인간은 축복과 저주, 그리고 진실된 맹세와 거짓된 맹세를 동시에 할 수 있다.

철학은 정형 구문의 종교적 맥락을 거부하고 이름들의 최고성을 단호히 의심하는 순간에 시작된다. 이러한 의미에서 철학은 본질적으로 맹세에 대한 비판이다. 철학은 인간을 언어에 연결시켜주는 성사적 결합을 의문에 부치며, 아무렇게나 말하지 않고 말의 허망함에 빠지지도 않는다. 그러므로 맹세가 쇠퇴한 시대, 즉 민주주의가 무너진 지금 이 시대에 저항과 변화의 단초를 제공하는 도구 역시 철학이다. 그래서 지금은 어느 책 제목처럼 '철학이 필요한 시간'인지 모른다.

자유를 포기해서는 안 된다

프란츠 파농은 역작 『검은 피부 하얀 가면』(1952)에서 백인의
흑인에 대한 탄압과 차별을 비판한다. 또한 자신의 문화를 잃어
버리고 본국의 문화를 받아들인 흑인의 자아 인식의 분열이 식
민지 개척자, 즉 백인의 문화를 받아들이고 모방하려는 흑인들
에게 열등의식을 심어준다고 지적한다. 사실 자아분열과 열등
의식 같은 행동들은 신분이 상승하고 교육받은 흑인들에게 더
잘 나타난다. 왜냐하면 그들은 식민지 개척자의 언어와 서구의
교육과 같은 지위의 상징을 습득할 기회가 더 많기 때문이다.
　파농에 따르면, 앙틸레스에 사는 흑인들은 프랑스어의 구사
능력에 따라 '백인화'의 정도를 평가받는다. 즉 프랑스어를 얼
마나 잘 구사하느냐에 따라 그들의 인간 됨됨이가 가늠된다.
언어를 지니고 있는 인간은 그 언어가 현상하고 내포하는 세계
를 궁극적으로 소유하게 된다. 이러한 인식을 통해 우리가 도달

하게 되는 소박한 진실은 "언어를 정복하게 되면 형언불가능한 힘을 선사받게 된다"는 점이다. 흑인들의 열등 콤플렉스는 그것에 줄기차게 맞서 싸워야 할 흑인 지식인 계층 내부에서 오히려 더 심각한 형태로 현상되고 있다. 유럽인들이 부과한 그 차이를 인정하게 되면 바로 그 순간부터 흑인에게는 유예의 의미가 사라지고 만다.

파농은 식민지 지배에 내재한 인종주의와 인간성 탈피에 대한 심리학에 천착했다. 『검은 피부 하얀 가면』의 「검둥이와 정신병리학」에서 그는 백인 사회에서의 사회적·문화적·인종적 규범에 적응하지 못하는 식민화된 흑인들을 보여준다. 평범한 흑인 가족들에게서 자란 평범한 흑인 아이들은 백인들의 세상과 만나면 비정상이 된다. 백인들의 세상에서 그러한 극단적인 심리학적인 반응은 어릴 때부터 훈련된 '검다는 것은 잘못된 것'이라는 흑인들의 무의식에서 기인한다. 흑인 아이들의 그러한 무의식적인 훈련은 백인 아이들에게 흑인을 악당으로 표현하는 사회의 문화적 표현을 주입하는 만화들에 의해 영향을 받는다. 흑인이 열등하고 악하다는 이미지는 그들에게 정신적인 트라우마로 남는다. 그렇다면 그들에게는 두 가지 선택지밖에 없다. 즉 열등한 흑인으로 남는 것, 아니면 흑인을 거부하고 백인에게 동화되는 것 둘 중의 하나다.

역사적으로 흑인이 자발적으로 흑인이라는 자신의 정체성을 버리고 백인의 정체성에 동화되는 경우를 목도해 왔다. 명목상

식민주의가 끝났기 때문에 현재 이런 현상이 더는 존재하지 않을 것이라고 생각하기 쉽다. 하지만 실질적으로는 여전히 존재한다. 더 은밀하고 정교하게 진행되기 때문에 인지하지 못할 뿐이다. 혹자는 이와 같은 현상을 두고 '검은 피부에 하얀 가면을 썼다'라고 표현하기도 한다.

학술적으로 자신의 정체성을 숨기는 것을 '패싱(passing)'이라고 하고, 자신이 원하는 정체성에 가까워지려 하는 것을 '동화(assimilation)'라고 부른다. 패싱과 동화는 여러 문화권에서 다양한 형태로 나타난다. 앞에서 언급한 흑인 사회에서 흑인의 백인으로의 패싱이나 동화는 '피부색'이라는 큰 장애물 때문에 쉽지 않다. 조금 잔인하게 말하면 거의 불가능하다. 그러나 피부색이 같은 경우라면 다르다. 즉 피부색이 같다면 자신의 정체성을 숨기고 다른 정체성을 택하는 것이 더 수월하다. 그리고 끊임없이 노력하면 겉으로 보았을 때 원래의 정체성과 바뀐 정체성과 거의 같아질 수 있다. 마치 한국계 미국인 작가 이창래의 『제스처 라이프』(1999)의 프랭클린 하타처럼 말이다.

문학평론가 김성곤이 잘 지적했듯이, 이창래의 문학 세계를 관통하는 주제는 "백인 미국 사회에서 동양인 이민자가 느끼는 뼈저린 고독과 완벽한 고립, 그리고 아웃사이더의 강렬한 소외 의식과 영원한 망명 의식"이다. 미국 문단의 찬사와 주목을 받았던 그의 첫 작품 『네이티브 스피커』(1995)에서 그는 한국과 미국 그 어느 곳에도 속하지 못하고 상실감에 방황하는 재미교포들의 정체성 문제를 이민 1세대와 2세대 사이의 갈등을 통해 설득력 있게 표출해 내고 있다. 그런데 『제스처 라이프』에 오면 작가의 관심은 미국 내 소수민족 문제에 그치지 않고, 보다 더 보편적인 인간의 존재론적 고뇌로까지 확대된다. 『제스처 라이프』의 주인공 하타가 미국으로 건너간 한국계 일본인 출신이라는 사실 역시 이 작품에 보편성을 더해 주고 있다. 왜냐하면 인간은 누구나 복합적인 정체성을 갖고 있기 때문이다.

엄밀히 말해 『제스처 라이프』의 주인공 프랭클린 하타는 한국인이다. 하지만 그는 어렸을 때 일본인 가정에 입양되어 한국계 일본인이 되었고, 현재는 일본계 미국인으로 미국에서 살고 있다. 하지만 그는 온전한 한국인도, 일본인도, 미국인도 아니다. 그는 자신이 그 어느 하나에도 충실하지 못했으며, 평생을 '제스처 인생'으로 살아왔다는 사실을 늙어서야 비로소 깨닫게 된다. 특히 의붓딸 서니와의 관계가 완전히 어긋난 후 자신의 정체성을 직시하게 된다.

하타의 비극은 그가 평생을 자신의 정체성대로 살아가기보다는 주위로부터 받아들여지기를 원하며 살아왔다는 사실에서 비롯된다. 그는 자신이 원하는 삶이 아니라 주위에서 기대하는 삶만을 살았고, 공적이고 전체적인 의무를 수행하지 못할까 봐 늘 조바심을 냈다. 일본인 가정에 입양되었을 때도, 일본 제국의 장교가 되었을 때도, 그리고 미국 시민이 되었을 때도 그는 언제나 그것을 두려워했다. 그래서 그는 일본제국 군대에서도, 그리고 미국 사회에서도 늘 주류문화의 모범적인 인물이 되기를 원했다. 자신의 정체성을 숨기고 주류 사회의 일원으로 동화되려고 의식적으로 노력했다. 그는 정원을 예쁘게 가꾸고 이웃들에게 예의 바르게 행동함으로써 결국 마을의 일원으로 받아들여진다. 그러나 그의 삶은 행복하지 않다. 왜냐하면 그의 삶은 진짜가 아니라 오직 주위 사람들과 그 집단에게 보여주기 위한 '제스처 라이프', 즉 '척하는 삶'이기 때문이다.

하타는 마을 사람들 사이에서 의사를 지칭하는 '닥'으로 불린다. 하지만 그는 제2차 세계대전 때 단지 속성교육을 받은 일본 군대의 의무장교이자 마을 의료기기 판매원이었을 뿐 실제 의사가 아니다. 그럼에도 불구하고 그는 닥으로 불리는 것을 마다하지 않는다. 그가 평생 서투른 의사 흉내만 냈고 그로 인해 주위의 존경과 신뢰를 받아왔다는 사실은 그의 삶이 진실하지 않은 제스처였다는 것을 시사한다. 앞에서 말했듯이 그의 삶은 제스처 라이프로 점철된다. 그가 한국 여자아이 서니를 입양한 것도 어쩌면 그런 제스처 라이프의 일환이다.

『제스처 라이프』에는 두 개의 서로 다른 세계가 긴밀하게 병치된다. 현재의 미국과 제2차 세계대전 당시의 버마, 부촌인 베들리 런과 빈촌인 에빙턴, 또 정신대 소녀 끝애와 양녀 서니, 그리고 가해자인 일본군과 피해자인 정신대가 바로 그것이다. 하타는 끝애를 사랑했지만 그 사랑 역시 제스처로 끝나고 만다. 그는 끝애가 동료 일본군들에게 무참히 살해당하는 상황에서도 방관자로 남을 뿐이다. 자신에게 호감을 갖고 있는 백인여자 메리 번즈와의 로맨스에도 성공하지 못한다. 한마디로 그의 삶은 시종일관 겉모습에 천착하는 제스처 라이프였기에 가까운 사람들과의 인간관계 또한 앞으로 나아가지 못하고 늘 제자리에 머물 수밖에 없다.

파농에 따르면 집단무의식은 대뇌의 유전자와 무관하다. 그것은 소위 반성의 빛이 전혀 없는 한 뻔뻔한 문화가 남긴 찌꺼기일 뿐이다. 즉 검은 '외양'이 모든 행동을 제약하고 약화시킨다. 『제스처 라이프』의 하타의 경우에는 일본인이라는 외양이 그의 행동을 제약하고 약화시킨다. 모든 관계 속에서 인간관계를 구성하는 기본적인 가치를 존중하도록 가르치는 것, 그리고 인간을 반작용의 존재가 아닌 작용의 존재가 되도록 교육하는 것, 그것이 사유하고 행동하는 인간이 취해야 할 일차적인 의무다.

『제스처 라이프』에서 하타의 삶이 비극으로 귀결되는 것도 궁극적으로는 행동과 의무라는 일차적인 의무를 다하지 않았기 때문이다. 그는 자신의 자유를 포기하는 대가로 원하지 않는 정체성을 감추고 원하는 정체성에 가까워졌지만 그의 삶은 비극으로 귀결되었다. 하타의 비극은 파농이 역설한 "자유를 포기하는 선택을 하지 말아야 한다는 의무"를 포기한 결과다. 그럼에도 불구하고 그는 자신의 선택을 후회하거나 과거를 반성하지 않는다. 그는 '가면'을 쓴 채 끝까지 '제스처 라이프'를 끝까지 고수한다. 어쩌면 반성하고 후회하는 하타보다도 끝까지 자신을 감추고 삶의 비극을 감내하는 방관자로 남는 하타가 『제스처 라이프』에 더 큰 공감을 불러일으키는지 모른다. 그러나 만일 하타가 과거를 후회하고 반성한다면 그를 용서하고 동정할 수 있을까?

조지 오웰을 읽어야 하는 이유

　클래식(classic)이라는 단어는 명사로 '고전', '명작', '전범' 등으로 번역된다. 형용사로 쓰일 때는 '오래된', '일류의', '대표적인', '유행을 타지 않는' 등의 의미를 갖는다. 즉 사전적으로 보자면 고전은 '오래되었지만 유행을 타지 않는 명작'을 가리킨다. 조금 풀어서 말하면 오래되었다고 해서 고전이 아니라 오래되었음에도 불구하고 유행을 타지 않고 현재까지 읽히는 책이 바로 고전이다. 그런 점에서 조지 오웰의 작품들은 고전의 의미에 '넉넉하게' 부합된다고 할 수 있다. 프랑스의 저명한 언론인이자 작가인 아드리앙 졸프 또한 『조지 오웰의 길』(2019)에서 이와 비슷하게 말한다.

　졸프는 2003년 사담 후세인의 이라크가 미국 군대의 공격으로 무너지던 당시 이라크에 사는 친구에게 금서였던 『동물농장』(1945)을 건넸고, 이 책을 읽은 친구는 그에게 "우리가 사담 후세인 치하에서 겪은 일이 바로 이거야"라고 푸념했다고 한다. 그는 한 번도 중동에 발을 들여놓은 적이 없는 사람, 게다가 수십 년 전에 사망한 사람이 어떻게 이 시대 아랍의 독재 치하에서 사는 사람에게 그토록 많은 것을 시사해 주는 책을 쓸 수 있는지 놀라움을 전한다.

졸므는 2007년 미얀마에서 불교 승려들이 군부정권에 대항했을 때는 오웰의 『버마시절』(1934)을 떠올리고, 2017년 가을 카탈루냐가 독립에 대한 찬반 투표로 촉발된 정치적 위기를 겪을 때는 『카탈루냐 찬가』(1938)를 떠올린다. 중국이 자국 영토 내에 1억 7천만 대의 감시 카메라를 설치하고, 안면 인식 외에 일종의 사회 신용 시스템을 구축하자 『1984년』(1949)의 '빅 브라더'를 떠올린다. 그는 인민을 감시하고 규율하는 중국의 행태에 놀라지만, 빅 브라더가 중국 전역에 퍼져나가고 있으나 아무도 이에 충격을 받지 않는 사실에 더 놀란다. 졸므가 목격한 일들은 과거의 다른 나라의 이야기가 아니라 현재 우리의 이야기다. 이런 일들을 예측한, 즉 미래를 선취한 오웰의 통찰력에 놀라지 않을 수 없다.

조지 오웰이라는 이름이 너무나 유명해 많은 이들이 조지 오웰을 본명으로 알고 있지만 사실은 필명이다. 오웰의 본명은 에릭 아서 블레어다. 잘 알려진 것처럼 그는 인도에서 태어났다. 그는 작가이자 언론인으로서 명료한 문체로 사회 부조리를 고발하고, 전체주의를 비판하고, 민주사회주의를 지지했다. 그는 영국의 명문 사립학교 이튼 스쿨을 졸업하고 버마에서 식민지 경찰로 몇 년을 보냈다. 프랑스에서는 가난한 상태로 단기간 머물렀고, 스페인 내전에도 참가했다. 스페인 내전이 실패로 끝난 후에는 거의 영국의 어느 외딴 시골집에 틀어박혀 타자기 앞에서 대부분의 시간을 보내다가 결핵으로 때 이른 죽음을 맞이했다. 그는 『파리와 런던의 밑바닥 생활』(1933)과 『위건 부두로 가는 길』(1937)과 같은 논픽션뿐만 아니라 『동물농장』과 『1984년』과 같은 소설을 썼다. 앞서 말했듯이 그는 『동물농장』과 『1984년』을 통해 전체주의의 부조리와 모순을 고발했다. 그런데 놀라운 사실은 그가 히틀러의 독일, 무솔리니의 이탈리아, 스탈린의 소련 등을 단 한 번도 방문한 적이 없다는 점이다. 『동물농장』과 『1984년』을 통해 전체주의를 그렇게 신랄하고 날카롭게 비판했음에도 불구하고 말이다.

식민지 경찰로 일한 경험은 그를 맹렬한 반식민주의자로 만들었고, 파리와 런던의 빈민굴에서 한 비참한 떠돌이 생활과 맨체스터 광산촌 탐사는 그를 냉철한 사회주의자로 이끌었다. 그는 스페인 내전 때 의용군에 지원해서 직접 전투에 참여할 정도로 열혈 반파시스트였지만, 공산당과 그 동조자들의 전체주의 정도에 환멸을 느꼈다. 몸소 겪은 경험, 철저한 정직성, 직접적인 문체는 그의 글에 생명력을 부여하며 그의 작품을 현대적인 고전의 자리에 머물게 하는 원동력으로 작용한다.

오웰은 제국주의와 식민주의를 고발하면서도 지식인들이 피

식민자들에게 갖는 감상주의를 철저하게 배격한다. 그는 가난과 자본주의의 부당함을 고발할 때도 동정과 감사와 같은 인간적인 감정에 환상을 품지 않는다. 스페인 내전 참여의 목적과 동기도 동시대의 작가와 사상가들과는 차별된다. 그는 선언적으로 전쟁에 참여한 게 아니라 실제로 싸우기 위해 참여했다. 그는 그 경험에서 전쟁의 실상과 앙가주망의 중요성에 대해 깊은 이해를 이끌어 낸다. 그는 평화주의자들의 낭만성에 대한 혐오를 드러낸다. 그는 평화주의자들에게 "칼을 뽑는 자는 칼에 죽지만, 칼을 뽑지 않는 자들은 역겨운 질병으로 죽는다"라고 일갈한다.

졸므는 『조지 오웰의 길』에서 오웰의 삶의 주요 사건들이 전개된 장소들을 직접 방문해 그 장소들이 그의 작가 이력에서 얼마나 창조적인 역할을 했는지 살핀다. 개인적으로 오웰의 삶에서 가장 궁금한 순간은 그가 "파시즘이라는 새로운 적과 싸우기 위해 스페인으로 떠난" 바로 그때다. 오웰은 당시 절친이었던 소설가 헨리 밀러의 만류에도 불구하고, 1936년 겨울 스페인 내전에서 공화파를 지지하기 위해 스페인으로 떠난다. 카탈루냐는 프랑코가 인민전선 정부를 전복하기 위해 일으킨 군사 쿠데타가 그에 맞서 무기를 든 무정부주의자와 마르크스주의자들로 구성된 좌파 단체들, 즉 '인민전선'의 봉기에 가로막혔다.

여러 날 동안 카탈루냐 광장과 람블라스 거리에서 격렬한 전투가 벌어졌다. 혁명가들은 군대와 대립한 경찰의 도움을 받으며 쿠데타를 좌절시켰고, 둘로 쪼개진 스페인은 내전에 돌입했다. 카탈루냐 지방은 공화파에 의해 장악되어 있었으며 노동자의 나라 같은 분위기가 넘쳐났다. 바르셀로나에서도 밤낮없이 혁명의 노래가 울려 퍼졌고, 붉은색과 검은색으로 이루어진 아나키즘 깃발이 도처에 걸려 있었다. 사실 스페인 내전은 전투다운 전투를 하지 못한 채 추위와 굶주림에 더 많은 사람이 죽어가던 전쟁이었지만, 영국 북부의 참혹상을 보고 온 오웰은 혁명의 열기에 열광하고 거기에서 인간에 대한 희망을 발견한다.

스페인 내전 당시 전 세계의 지식인들이 각자 진영을 택해 스페인에 몰려들었다. 우파와 가톨릭은 민족주의자들을 지지했고 좌파는 공화주의자들 편에 섰다. 민주주의 국가들이 스페인 상황을 수수방관하자 수많은 사람들이 자원해서 공화파 진영에서 맞서 싸우기 위해 스페인으로 갔다. 그 중에는 유럽과 미국의 작가와 기자들도 있었고 오웰도 그 중 하나였다. 하지만 앞서 말한 것처럼 대부분의 작가들이 종군기자로 참여했지만 오웰은 '진짜로 싸우기 위해' 스페인에 왔다.

당시 인민전선, 즉 공화파는 다양한 정부들로 나뉘어 각종 노선의 차이로 인한 대립이 강해지고 있었다. 공산주의자들과 소련 연맹은 스페인 공화국에 대한 소련의 원조를 내세우며 공화파 진영을 통제하기 시작한다. 즉 그들은 블랙리스트를 만들어 비밀리에 공화파 진영 내의 반동들을 제거하려 했다. 오웰과 그가 속한 마르크스주의 통일노동자당, 즉 POUM도 그 블랙리스트에 포함되었다. 공산당은 모스크바의 통제에서 벗어나 있는 POUM 역시 제거하려고 한다. 공산주의자들과 무정부주의자 사이에 긴장이 고조되자, 공산주의자들의 지원을 받는 공화파 정부는 전쟁을 위해서라는 명분으로 무정부주의자의 무장해제를 결의한다.

공화파 진영은 분열하며 내전 속의 새로운 내전, 즉 동족상존에 돌입한다. 내전의 내전 속에서 오웰은 공화파 내에서 배반자로 낙인 찍히고 비난을 받는다. 그는 현실이 완전히 변해 버리고 진실이 사라지는 것을 보고 엄청난 충격을 받는다. 그럼에도 불구하고 다시 전선으로 떠나지만 부상을 입고 후송된다. 그는 극적으로 살아났지만 공산당으로부터 트로츠키파로 의심을 받게 된다. 결국 그는 아내 아일린과 함께 야간열차를 타고 스페인을 빠져나온다.

스페인 내전의 경험은 오웰을 정치적으로 변화시켰다. 자신이 연대하여 싸운 공화파 진영에 쫓기고 옛 동료들로부터 배신자라는 비난을 들은 오웰은 좌파 전체주의 역시 우파 전체주의 못지않게 경계의 대상이 될 수 있다는 사실을 깨닫는다. 그는 공산주의와 파시즘이 차이점보다는 공통점이 많다는 사실을 경험을 통해 체화한다. 그의 『카탈루냐 찬가』는 스페인 내전 당시의 정치 상황에 대한 기록과 분석까지 담아 스페인 내전을 미시적이면서도 거시적인 관점으로 바라볼 수 있는 역작으로 평가받았지만 큰 관심을 끌지 못했다.

하지만 오웰은 이에 낙담하지 않고 『동물농장』과 『1984년』을 통해 전체주의에 대해 경멸하고 조소한다. 주지하듯『동물농장』은 소련과 스탈린에 대한 신랄한 비유를 통해 전체주의를 경멸하고 조소했다. 『1984년』에서는 철저한 감시에 놓인 전체주의 사회를 비판하는 동시에 전체주의가 어떻게 언어를 통하여 상징을 조작하는지 주목했다.

오웰을 소설가로서 규정할 때 그의 대표작은 역시『동물농장』과『1984년』이다. 이 두 작품 모두 스페인 내전에서 겪은 경험에서 비롯한다. 특히 함께 연대하여 싸운 공화파 진영으로부터 쫓기고 옛 동료들로부터 배신자라는 비난을 들은 오웰은 정치적으로 좌우를 막론하고 전체주의에 대한 공포와 혁명에 대해 환멸감을 느끼게 된다.

스페인 내전을 보면서 문득 예전에 읽었던 김연수의『밤은 노래한다』(2008)가 떠올랐다. 1930년대의 실제 사건인 '민생단 사건'을 소재로 하는 이 작품은 간도를 배경으로 조선의 혁명과 중국의 혁명, 그리고 국제주의자 사이에서 아파해야 했고 서로 믿지 못해 죽여야만 했던 비극을 형상화한다. 1930년대 중국공산당은 항일 투쟁 과정에서 실체가 모호한 민생단을 계기로 중국공산당 내 조선인을 숙청한다. 민생단으로 지목된 사람들은 명확한 근거도 확인되지 않은 채 모두 체포되었고, 그 가운데 많은 사람들이 처형되었다.

1931년 만주사변 이후 만주 지역에서는 여러 민족과 단체가 항일 투쟁을 벌였다. 하지만 민생단 사건으로 간도 지역의 항일

운동 자체가 크게 위축되었다. 만주 전역에서 조선인에 대한 경계와 배척이 확대되어 항일 연합전선에도 부정적인 영향을 끼쳤다. 중국인 사회의 조선인에 대한 불신과 배척은 더욱 커졌고, 중국공산당 내부에서도 중국인 간부들이 조선인 항일운동가 대부분을 민생단으로 몰아 탄압하면서 민족 갈등이 확대되었고, 민족 갈등은 조선인 사회 내 내부 갈등으로 전화했다. 『밤은 노래한다』는 조선인 사회 내의 내부 갈등을 다루고 있다. 민생단 사건은 특별하고 예외적인 사건이 아니라 그 당시의 전형적인 한 사건에 불과하다. 박시백의 역사 만화 『35년』(2018~2020)은 조선공산주의 운동의 '불신과 분열의 역사'를 잘 보여주는데, 조선공산주의 운동의 역사와 민생단 사건은 여러 모로 닮아 있다. 조금 결은 다르지만 스페인 내전과도 닮아 있다.

『1984년』의 세계는 놀랍도록 친숙하다. 『조지 오웰의 길』의 저자 졸프에 따르면, 오늘날 비디오카메라를 통한 대도시의 감시 체계, 테러리즘에 대한 미국의 끝없는 전쟁, 에르도안이 이끄는 터키의 독재적 일탈, 중국의 자본주의적 체제 등 우리 시대의 모든 혹은 거의 모든 것에 '오웰적'이라는 수식어가 붙는다. 오웰적이라는 형용사는 거의 상반되는 두 가지 의미를 지닌다. 오웰적이라는 형용사가 어떤 특정 상황이나 특정 정치 체계를 서술하거나 수식할 때는 『1984년』에서 묘사한 미래 사회를 떠올리게 하는 터무니없고 억압적인 폭정, 공포와 순응주의를 가리킨다. 반면 어떤 텍스트나 사상가를 서술하거나 수식할 때 오웰적이라는 형용사는 상투적인 선전 구호와 지적 순응주의에 상반되는 자유롭고 용기 있는 사상을 가리킨다.

현재 오웰의 사상은 냉전의 종식과 소련의 붕괴로 사라지기는커녕 그 어느 때보다 더 큰 영향력을 발휘하고 있다. 그의 작품들은 오늘날 근본적으로 상반되는 사유의 흐름에 영감을 준다. 정치적으로 좌우를 떠나 모두 오웰의 이름을 앞세운다. 제국주의와 자본주의에 대한 사회주의자로서의 그의 고발은 좌파를 기쁘게 한다. 반면 완고한 반공주의자로서 대중의 상식을 옹호하는 오웰의 태도와 애국심, 좌파 지식인들에 대한 경계심 등은 우파를 매료시킨다. 또한 기계화, 전면적인 기술적 감시, 세계의 인간성 말살 등에 대한 오웰의 비판은 탈성장주의자와 생태주의자들을 매료시킨다.

졸므에 따르면, 오웰의 작품 전체를 관통하는 주제는 "'상식적인 예의'의 중요성"이다. 자유는 결코 추상적인 이데올로기가 아니라 오직 어떤 주어진 사회적 맥락 안에서만 존재할 수 있다는 생각, 그리고 청산과 끝없는 진보의 신봉자들에 맞서 서민 문화를 옹호하는 태도가 오웰을 보수적 생태주의와 탈성장 운동의 중심적인 인물로 만들었다. 오웰을 읽어야 하는 이유를 꼽자면 많고 많지만, 이것 하나만으로도 충분하다. 그래도 하나 더 꼽자면 그가 사용하는 "언어의 명쾌함과 높은 정직성"을 들 수 있다. 개인적으로는 두 번째 이유 때문에 오웰의 글에 매료되었고, 그래서 그의 글을 지금도 읽는다.

미래는 꿈꾸는 대로 온다

　인간은 끊임없이 거짓말을 한다. 아이가 어느 정도 말을 하면서 부모와 의사소통이 가능해지기 시작하면 부모는 아이에게 거짓말을 하지 말라고 끊임없이 가르친다. 학교에서도 마찬가지로 교사들은 아이들에게 거짓말을 하지 말라고 끊임없이 가르친다. 그럼에도 불구하고 아이들은 거짓말을 한다. 그런데 아이들만 거짓말을 하는 게 아니라 어른도 거짓말을 한다. 이처럼 사람은 아이 어른 할 것 없이 어렸을 때부터 거짓말을 하지 말라는 말을 수없이 들어왔음에도 불구하고, 사소한 일상생활에서부터 중요한 일에 이르기까지 거짓말을 한다. 심지어 타인에게 뿐만 아니라 자신에게도 거짓말을 한다. 다시는 거짓말을 하지 않겠다고 스스로 맹세하고 다짐하지만 이를 지키지 못한다면 이 역시 거짓말을 한 셈이 된다.

　이처럼 사람들은 끊임없이 거짓말을 한다. 특히 성(性)과 같이

은밀한 이야기일수록 거짓말을 더 한다. 그렇다면 사람들은 왜 거짓말을 할까? 그 이유는 개인마다 다르고 같은 개인이라 할지라도 상황에 따라 다르겠지만 그래도 크게 두 가지로 생각해 볼 수 있다. 첫째, 남들의 시선이 두렵기 때문이다. 둘째, 진실을 마주할 용기가 없기 때문이다. 스티븐 소더버그 감독의 영화 〈섹스, 거짓말, 그리고 비디오테이프〉(1989)는 사람들이 거짓말을 하는 이유에 대해 숙고하게끔 한다. 영화 속 주요 등장인물들인 존과 앤 부부, 앤의 동생 신시아, 그리고 존의 옛 친구 그레이엄 등은 모두 섹스에 관해 거짓말을 한다.

영화는 그레이엄이 존과 앤 부부를 방문하면서 시작된다. 존과 앤 부부는 겉으로는 전혀 문제가 없어 보인다. 하지만 존은 처제 신시아와 불륜 관계에 있고 앤은 성욕이 없는 것에 대해 정신과 상담을 받고 있다. 그레이엄은 존에게 자신은 성불구로 다른 사람 앞에서 성행위를 할 수 없다고 자신의 비밀을 털어놓는다. 대신 그는 여성들의 성 경험담을 인터뷰하고 그것을 비디오테이프로 녹화해 소장하고 있다.

앤은 성욕이 없지만 남편 존과 결혼생활을 거짓으로 계속 이어가기를 원하고 존은 신시아와 불륜 관계에 있으면서도 거짓말을 한다. 신시아 역시 언니 앤에게 형부와의 불륜 사실을 숨기고 있다. 그레이엄 또한 여전히 옛 연인을 잊지 못하면서도 그렇지 않다고 거짓말을 한다. 영화 속 인물들은 모두 때로는 의도적으로 때로는 의도치 않게 성에 관해 거짓말을 한다.

하지만 이 세상에 비밀은 없다. 비디오테이프는 그들이 거짓말을 포기하고 진실을 마주하게 되는 계기로 작동한다. 일단 앤으로부터 그레이엄의 이야기를 들은 신시아는 그를 찾아가 그와의 인터뷰에서 자신이 존과 불륜 관계에 있다는 사실을 고백한다. 앤 역시 비디오테이프를 통해 자신이 존과의 결혼에 집착하고 있다는 사실을 고백한다. 앤은 청소를 하다가 우연히 침실에서 신시아의 진주 목걸이를 발견하면서 남편이 신시아와 불륜 관계에 있다는 사실을 알게 된다. 그녀가 추궁하자 존은 신시아와의 불륜 관계를 어쩔 수 없이 인정한다.

신시아와 앤이 자발적으로 고백을 한 반면 그는 비자발적으로 고백했다는 점에서 차이가 있다. 하지만 그들 모두 고백을 했다. 고백의 계기는 다름 아닌 비디오테이프였다. 그는 한밤중에 그레이엄을 찾아가 그를 폭행하고 앤의 비디오테이프를 돌려본다. 그때까지 인터뷰어로서 늘 질문만 했던 그레이엄은 자신이 옛 연인 엘리자베스를 아직 잊지 못하고 있다는 사실을 인정한다. 사실 그와 엘리자베스의 관계가 어긋난 것은 존 때문이다. 그가 오랜만에 존을 방문한 것도 직접적으로 말은 안 했지만 엘리자베스라는 과거에서 벗어나기 위해서다. 그 역시 비디오테이프를 통해 숨겨왔던 자신의 마음을 들여다보게 된다.

비디오테이프를 계기로 모두 자신에게 솔직해진다. 결국 앤은 존과의 결혼 생활을 포기하기로 결심한다. 그레이엄도 마침내 엘리자베스라는 과거에서 벗어난다. 그래서 그는 그때까지 여성들의 성 경험담을 담은 비디오테이프와 비디오카메라를 쓰레기통에 내던지며 과거와 결별한다. 영화는 존과의 결혼으로부터 벗어난 앤과 엘리자베스로부터 벗어난 그레이엄이 서로를 위로하고 용기를 북돋워 주는 장면으로 끝난다. 그들은 과거로부터 벗어나는 동시에 거짓말로부터도 벗어난다.

〈섹스, 거짓말, 그리고 비디오테이프〉에서 존과 신시아의 거짓말과 앤과 그레이엄의 거짓말은 차이가 있다. 존과 신시아가 상대방에게 거짓말을 한다면 앤과 그레이엄은 스스로에게 거짓말을 하고 있다. 즉 존과 신시아가 거짓말을 하는 이유는 앞에서 말했듯이 남들의 시선을 벗어나기 위해서다. 그들은 순간적으로 위기를 모면하기 위해서 거짓말을 한다. 반면 앤과 그레이엄이 거짓말을 하는 이유는 진신을 마주할 용기가 없기 때문이다. 그들은 자신의 비밀을 차마 마주할 수 없기 때문에 거짓말을 한다. 존과 신시아, 앤과 그레이엄 모두 거짓말을 통해 자기최면을 걸고 있지만, 그 누구에게도 거짓말은 문제의 궁극적인 해결책이 되지 못한다. 문제를 해결하기 위해서는 사실을 있는 그대로 받아들여야 한다. 마침내 앤과 그레이엄뿐만 아니라 존과 신시아도 마침내 그렇게 한다.

〈섹스, 거짓말, 그리고 비디오테이프〉에서 앤은 정신과 상담을 통해 자신의 성적 무감증 혹은 성적 결벽증을 극복하려 한다. 그녀는 의사와 상담을 하면서 많은 이야기를 하지만 결정적인 순간에서는 자기검열을 하며 속 이야기를 털어놓지 않는다. 그런데 앤만 그런 게 아니라 영화 속 다른 인물들도 마찬가지다. 그레이엄도 자신의 성 불능의 원인을 솔직하게 털어놓지 못한다. 존과 신시아도 자신들이 불륜관계에 있다는 사실을 이야기하지 못한다. 즉 그들은 진실을 마주할 용기를 내지 못한다.

진실을 마주할 용기라고 하니까 사실 조금 거창해 보인다. 전쟁, 학살, 테러 등 불편한 역사적 진실을 차마 받아들이기 힘들 때 진실을 마주할 용기를 가져야 한다고 말한다. 그렇게 진실을 마주할 용기를 낸 사람들을 가리켜 영웅 또는 의인이라고 부른다. 그런데 아무리 의인이나 영웅이라고 하더라도 사적이고 은밀한 이야기, 특히 성과 관련되어 있는 이야기라면 꺼내기 쉽지 않다. 잘못 꺼냈다가는 인간관계가 완전히 끊길 수도 있다.

누구에게나 비밀은 있다. 아무리 가까운 사이라고 하더라도, 즉 친한 친구나 가족 간이라고 하더라도 말할 수 없는 비밀이 있다. 특히 본인 외에는 아무도 진실을 모르는 성적 취향이나 성적 행위 등 성과 관련된 비밀의 경우는 더더욱 말하기 어렵다. 거짓말을 하지 않기 위해 용기를 내어 그 비밀을 말했을 때 그 결과를 예상할 수 없다.

영화 〈윤희에게〉(2019)에서 윤희는 어렸을 때 가족들에게 자신의 동성애를 밝혔다가 정신병원에 수감되고, 원치 않는 결혼을 하게 되고, 또 이혼한다. 그녀의 삶은 무너졌지만 그래도 다행히도 친구 같은 딸의 도움 덕분에 예전에 사랑했던 사람과 재회하니까 나름 해피엔딩이라고 부를 수 있다.

그런데 영화 〈파 프롬 헤븐〉(2002)의 캐시는 〈윤희에게〉의 윤희와 정반대의 상황이라 할 수 있다. 캐시는 누가 봐도 완벽한 결혼생활을 하고 있다. 어느 날 그녀는 야근하는 남편 프랭크를 위해 도시락을 들고 사무실을 방문했다가 남편이 다른 남자와 키스하는 장면을 목격한다. 집에 돌아온 남편은 자신이 동성애자임을 고백한다. 동성애를 병으로 생각하는 그녀는 오히려 남편에게 감사하게 여겼다. 왜냐하면 병은 고칠 수 있기 때문이다. 하지만 그가 비밀을 털어놓은 후 그의 삶은 급격히 무너지기 시작하고, 그녀의 삶은 또 다른 이유로 흔들리기 시작한다.

　〈윤희에게〉에서 윤희와 〈파 프롬 헤븐〉에서 프랭크와 캐시는 결국 비밀 때문에 그들의 삶이 무너졌다. 물론 그들이 자신의 성 정체성을 끝까지 숨기거나 거짓말을 하면서 살았다면 그들의 삶이 평온했을 것이라고 장담할 수도 없다. 두 영화는 그들의 선택만 보여줄 뿐 결과를 예단하지 않는다.

　반면 퀴어 단편선 『언니밖에 없네』(2020)는 비밀을 털어놓았을 때의 미래를 보여준다. 소설이 보여주는 미래는 다소 낙관적이다. 국내의 여러 작가들이 함께 쓴 『언니밖에 없네』의 소설 속 주인공들은 윤희처럼 자신들의 비밀을 고백한다. 즉 그들은 자신들의 성적 정체성을 '커밍아웃'한다. 물론 몇몇 경우는 자발적인 커밍아웃이 아니라 자신의 의사와 관계없는 '아우팅'이었다. 하지만 커밍아웃이건 아우팅이건 간에 그들은 흔들리거나 무너지지 않고 그 고백으로 인해 비롯된 삶을 꿋꿋하게 살아간다. 그들은 따뜻하고 사려 깊은 태도로 각자 자신들의 삶을 지탱하고 또 서로의 곁을 살핀다.

성 정체성뿐만 아니라 성적 취향 등은 은밀한 이야기이기 때문에 아무리 가까운 사이라고 하더라도 털어놓기 쉽지 않다. 털어놓지 않았다고, 즉 거짓말을 했다고 비난할 수 없고, 또 털어놓았다고 또 비난해서도 안 된다. 『언니밖에 없네』는 우리가 어떤 태도와 마음가짐을 가져야 하는지를 잘 예거한다. 이 작품집에 실린 각각의 소설들은 "우리가 꿈꾸는 미래가 우리가 발 딛는 오늘이 되진 못할지라도 용감하고 다정하게 나와 또 다른 나, 나와 당신의 삶을 연결해" 준다. 흔히 '미래는 꿈꾸는 대로 온다'고 말한다. 그런데 어떻게 꿈을 꾸느냐에 따라 그 미래가 달라진다는 점 또한 잊지 말아야 한다.

지은이 **윤정용**(Yoon Jeongyong)

영문학 박사. 대학 안팎에서 영어, 문학, 영화, 책읽기, 글쓰기, 인문학 등을 강의하며 여러 매체에 다양한 주제로 글을 쓰고 있다. 지은 책으로『영화로 문학 읽기, 문학으로 세상 보기』,『Talk to movie, 영화에게 말을 걸다』,『매혹적인 영화인문학』,『무한독서』,『조금 삐딱한 책읽기』 등이 있다. 현재 고려대학교 글로벌학부에서 학생들을 가르치고 있다.

미래는 꿈꾸는 대로 온다

© 윤정용, 2021

1판 1쇄 인쇄__2021년 06월 20일
1판 1쇄 발행__2021년 06월 30일

지은이__윤정용
펴낸이__양정섭

펴낸곳__예서
       등록__제2019-000020호

제작·공급__경진출판
       이메일__mykyungjin@daum.net
       블로그__https://mykyungjin.tistory.com/
       사업장주소__서울특별시 금천구 시흥대로 57길(시흥동) 영광빌딩 203호
       전화__010-3171-7282 팩스__02-806-7282

값 12,000원
ISBN 979-11-968508-5-2 03810